AF498175

Ecole d'Application de l'Artillerie et du Génie.

Fortification Permanente.

2.e Partie.

1.ère Section.

Détails des Fortifications
construites de 1870 à 1885.

Par
le Capitaine du Génie Simoutre
Professeur-Adjoint.

Planches.

Décembre 1889.

(2)

Lithographie de l'Ecole d'Application de l'Artillerie et du Génie.

Note.

Les planches de cet atlas sont la reproduction de figures extraites des Cours et Instructions antérieurs de l'École, et proviennent pour la plupart du Cours de M. le Colonel Delair (2ᵉ Partie, 2ᵉ Édition 1885-86, revue par M. le Capitaine Blanchecotte); d'autres enfin ont été empruntées au Cours professé à l'École supérieure de Guerre par M. le Colonel Cartrat.

Pour éviter de laisser des blancs trop considérables dans cet atlas, on a dû quelquefois ne pas placer les figures dans l'ordre naturel de leurs numéros.

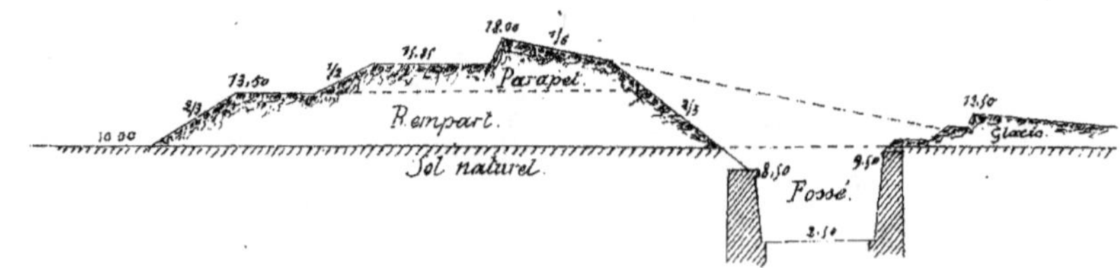

Fig 1. Forme générale du Profil ($\frac{1}{500}$).

Fig 2. Fossé avec escarpe non revêtue $\frac{1}{500}$

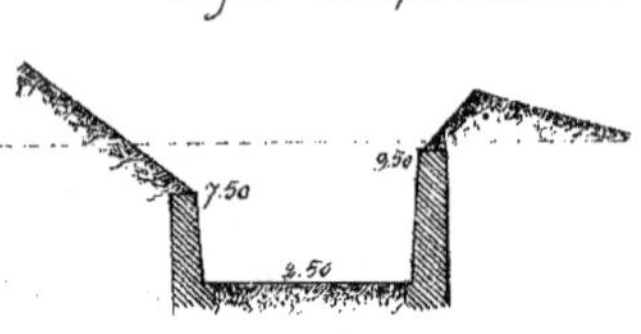

Fig 3. Escarpe attachée.

Fig 4. Escarpe détachée.

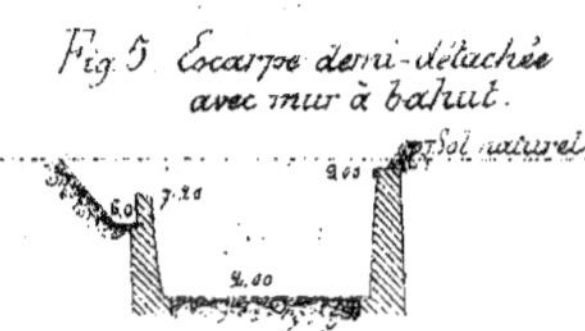

Fig 5. Escarpe demi-détachée avec mur à bahut.

Fig 6. Escarpe demi-détachée avec mur crénelé $\frac{1}{500}$

Fig 7. Escarpe à demi-revêtement ($\frac{1}{500}$)

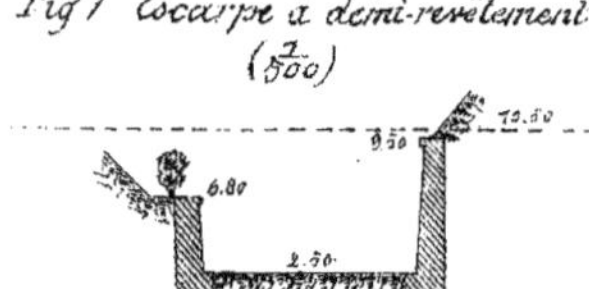

Fig 8. Fond de fossé avec cuvette ($\frac{1}{200}$).

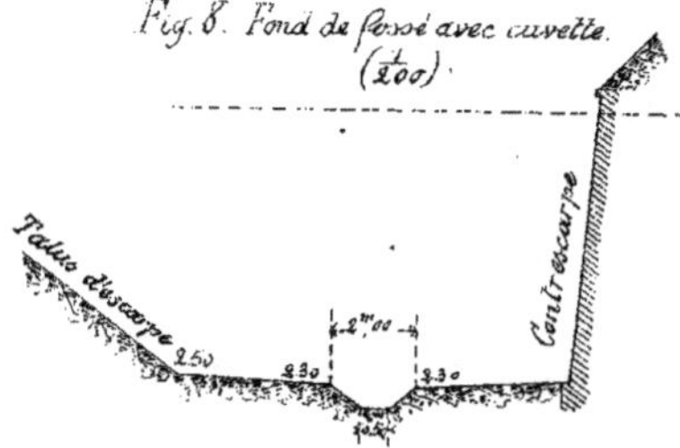

Fig 9. Profil du chemin couvert ($\frac{1}{200}$)

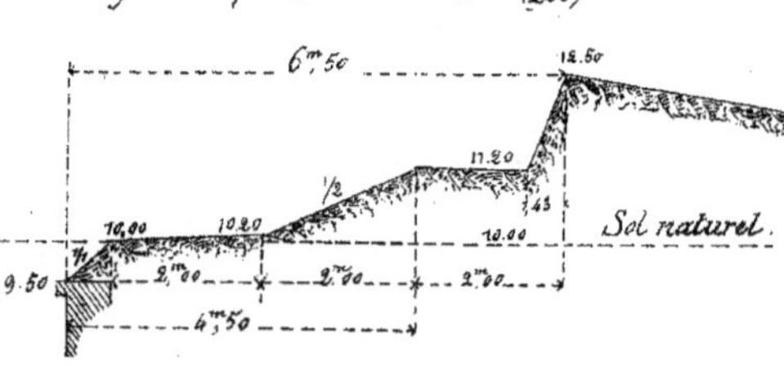

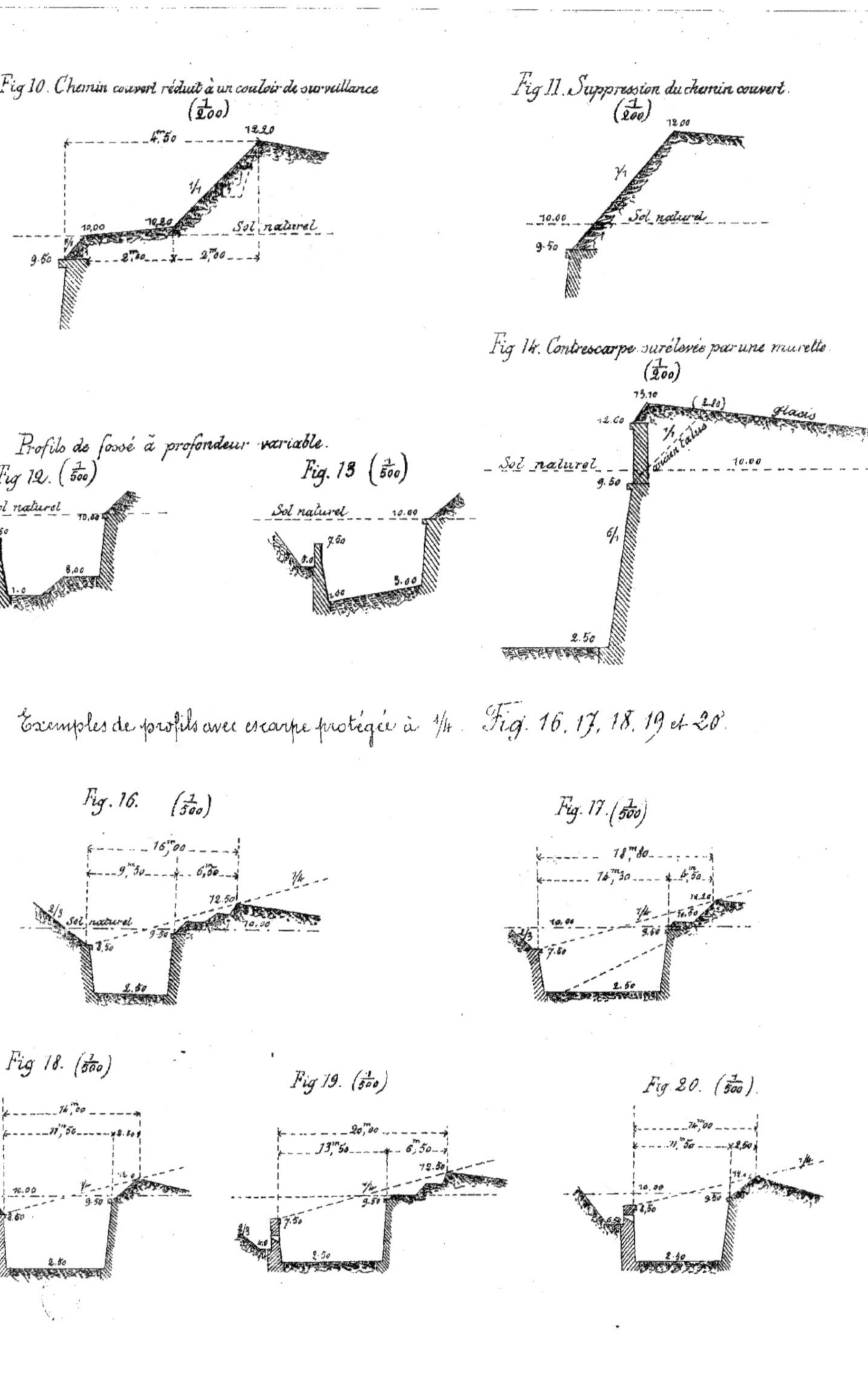

Fig 10. Chemin couvert réduit à un couloir de surveillance (1/200)
Fig 11. Suppression du chemin couvert. (1/200)
Fig 14. Contrescarpe surélevée par une murette. (1/200)
Profils de fossé à profondeur variable.
Fig 12. (1/500)
Fig 13. (1/500)
Exemples de profils avec escarpe protégée à 1/4. Fig. 16, 17, 18, 19 et 20.
Fig. 16. (1/500)
Fig. 17. (1/500)
Fig. 18. (1/500)
Fig 19. (1/500)
Fig 20. (1/500).
Sol naturel
glacis

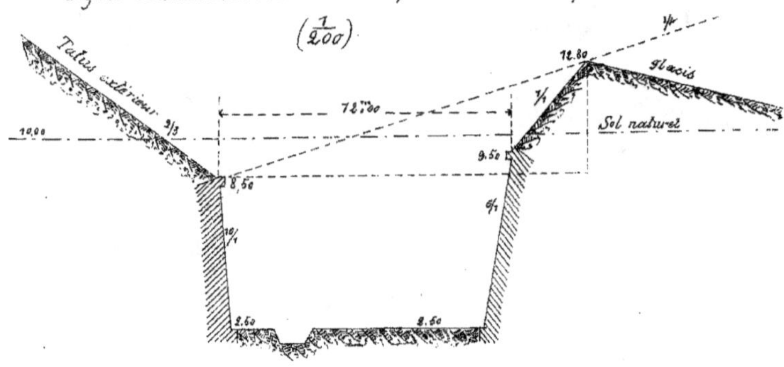

Fig. 15. Hauteurs habituelles de l'escarpe et de la contrescarpe.

$\left(\frac{1}{200}\right)$

Fig. 21. Parapet et rempart :

Profil extérieur à la crête (1ère disposition).

$\left(\frac{1}{200}\right)$

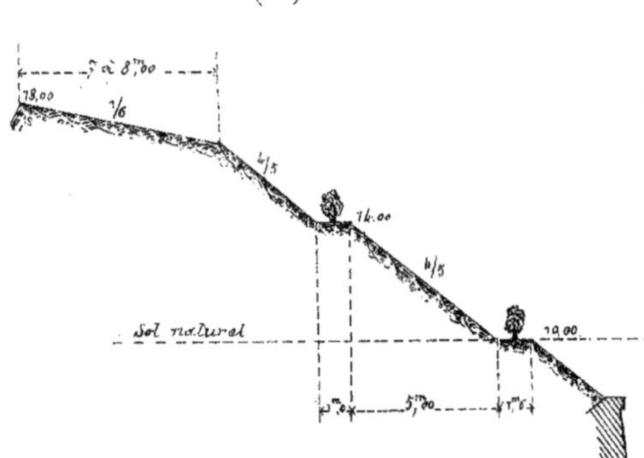

Fig. 22. Parapet et rempart : Profil extérieur à la crête
(2ème disposition la plus usuelle).

$\left(\frac{1}{200}\right)$

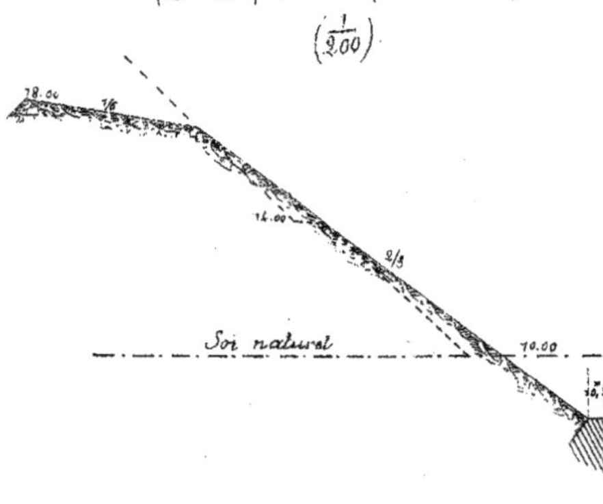

Fig. 23. Profil intérieur à la crête (Profil ordinaire).

$\left(\frac{1}{100}\right)$

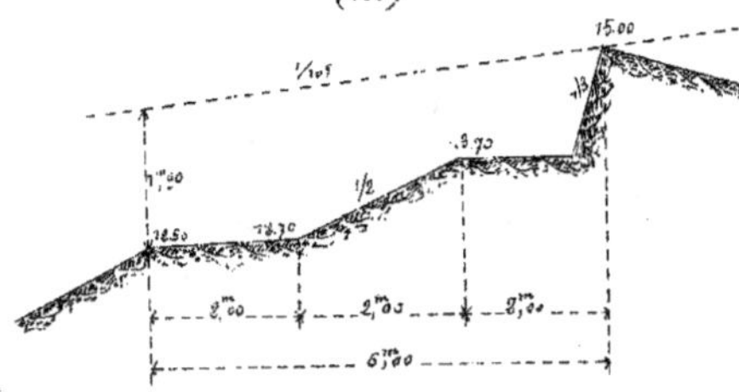

Fig. 24. Parapet : Profil intérieur
à la crête (Profil réduit) $\left(\frac{1}{100}\right)$

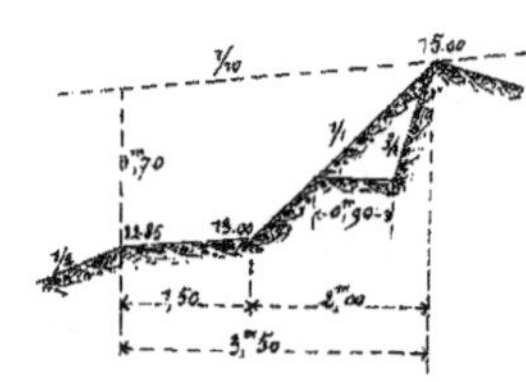

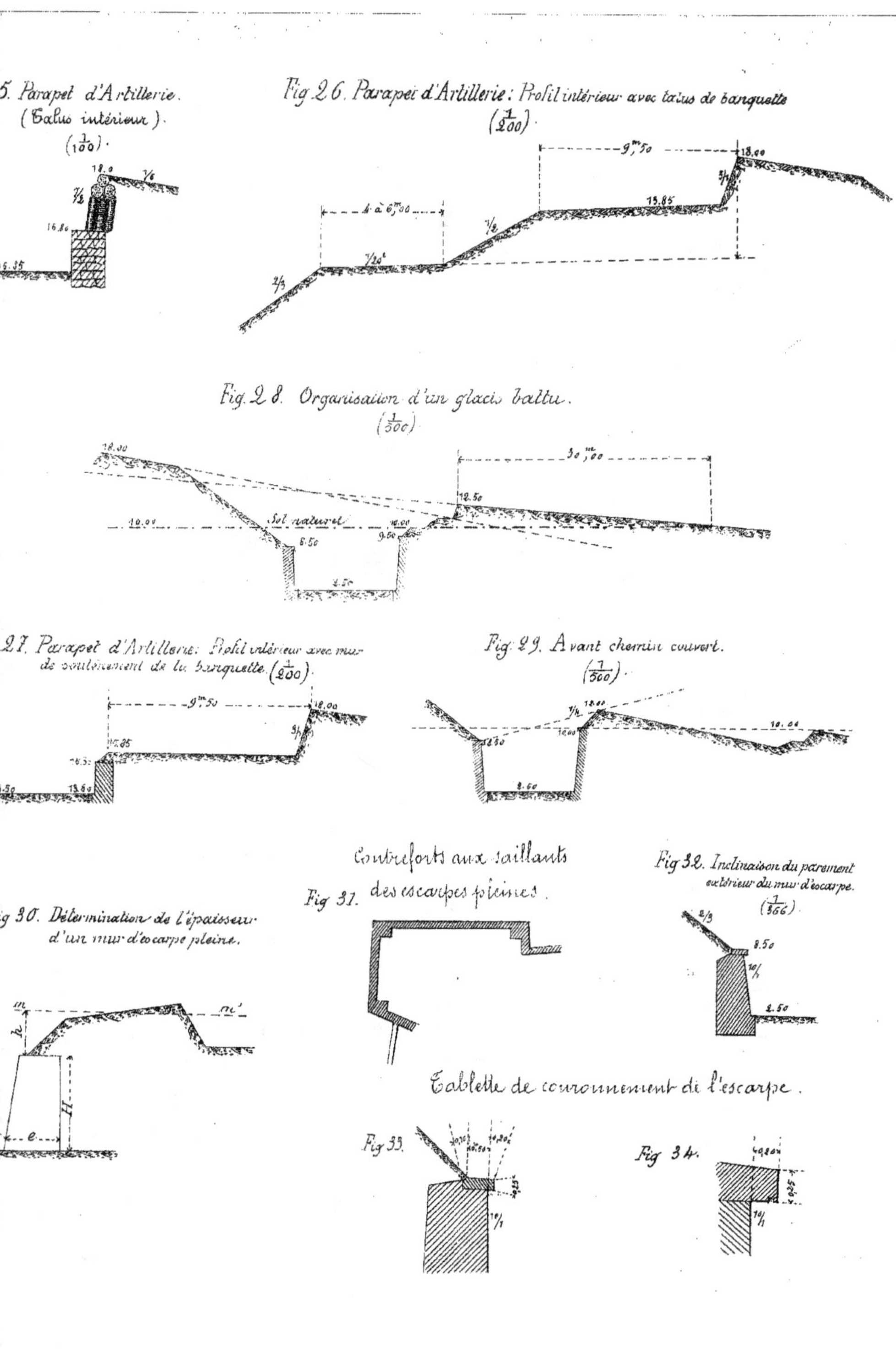

5. Parapet d'Artillerie. (Talus intérieur). (1/100).
Fig. 26. Parapet d'Artillerie: Profil intérieur avec talus de banquette (1/200).
Fig. 28. Organisation d'un glacis battu. (1/500).
Sol naturel
27. Parapet d'Artillerie: Profil intérieur avec mur de soutènement de la banquette. (1/200).
Fig. 29. Avant chemin couvert. (1/500).
Fig. 30. Détermination de l'épaisseur d'un mur d'escarpe pleine.
Contreforts aux saillants des escarpes pleines
Fig. 31.
Fig. 32. Inclinaison du parement extérieur du mur d'escarpe. (1/500).
Tablette de couronnement de l'escarpe.
Fig. 33.
Fig. 34.

Revêtement d'escarpe avec arceaux en décharge.

Fig 35. ($\frac{1}{200}$)

Coupe suivant AB (fig 35) d'un système d'arceaux vus de l'intérieur.

Fig 36. ($\frac{1}{100}$)

Fig. 37. Protection au 1/4 des têtes des arceaux en décharge ($\frac{1}{200}$).

Saillants et rentrants des revêtements en décharge Fig 38, 39 et 39 bis

Fig 38. ($\frac{1}{200}$)

Fig 39.

Fig 39 bis.

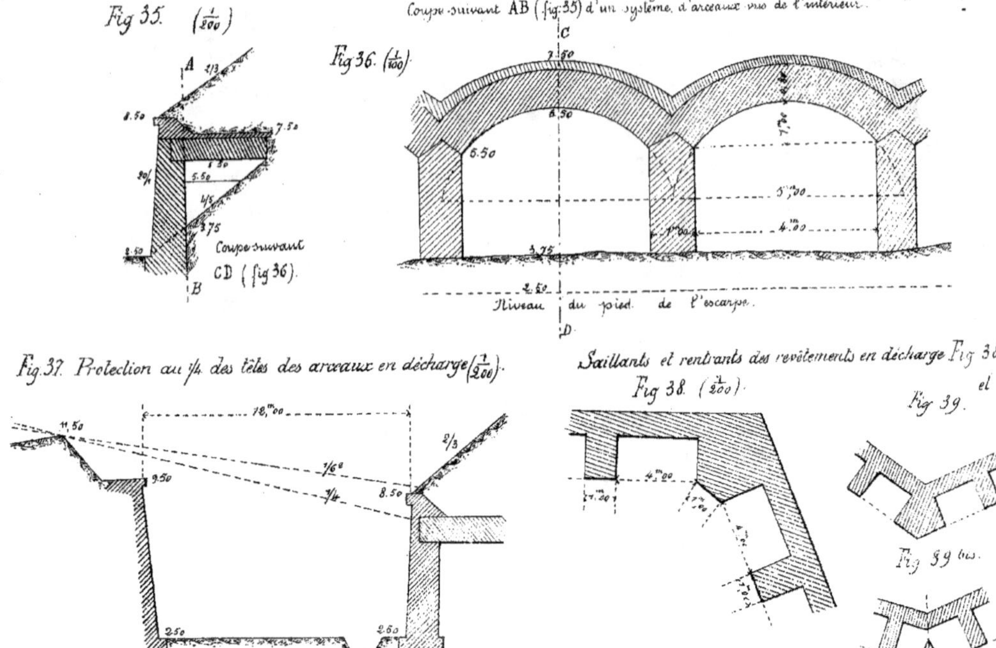

Dispositions des galeries d'escarpe (Fig. 40, 41, 42, 43 et 44).

Fig. 40. ($\frac{1}{200}$)

Fig. 41. ($\frac{1}{100}$).

Coupe parallèle à l'escarpe.

Fig 42. ($\frac{1}{500}$).

Fig 43. ($\frac{1}{500}$).

Fig 44. ($\frac{1}{500}$).

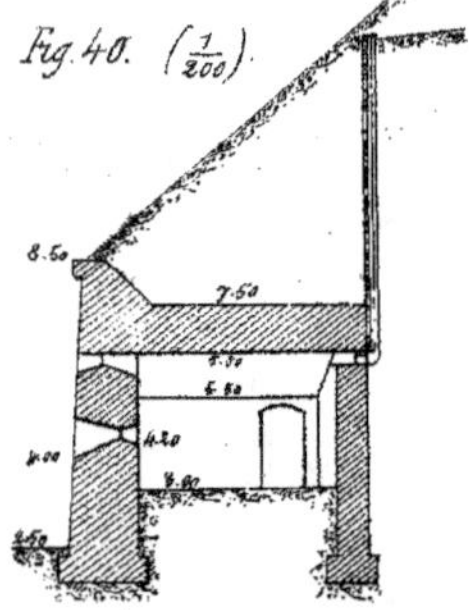

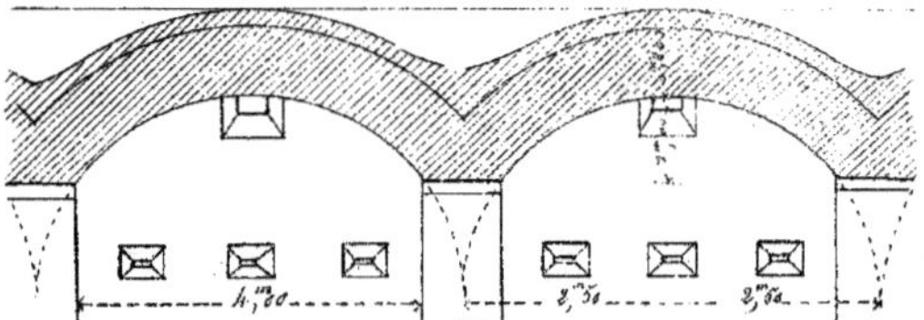

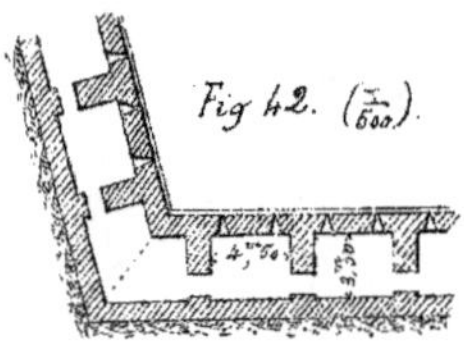

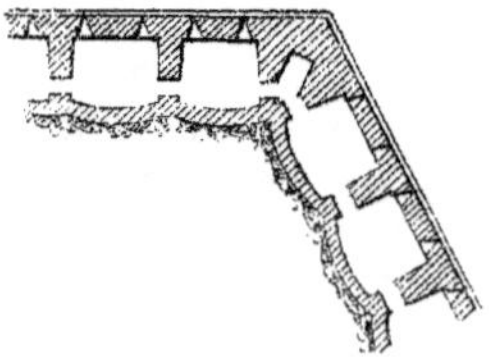

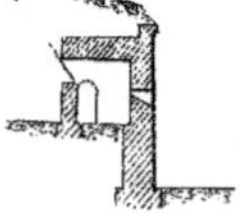

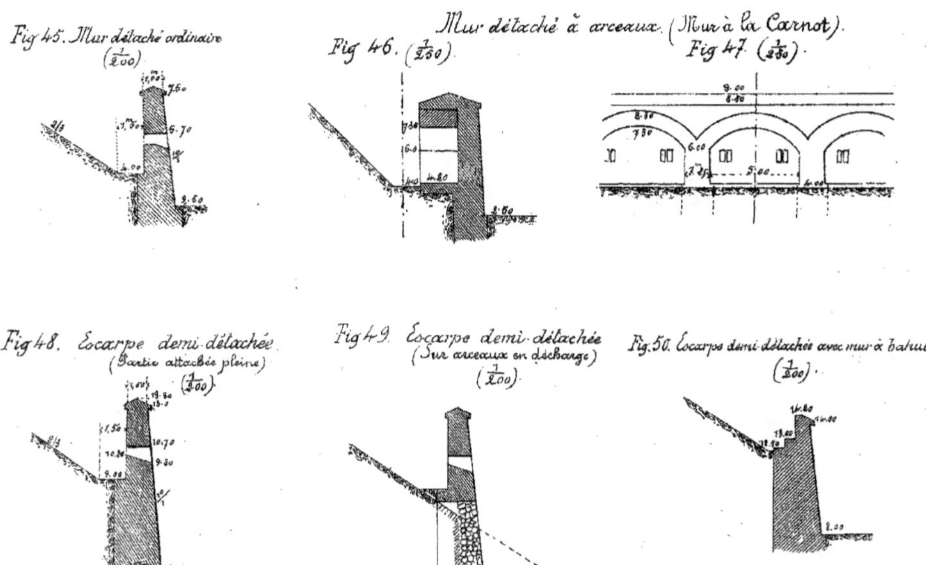

Détails d'organisation des contrescarpes avec arceaux en décharge

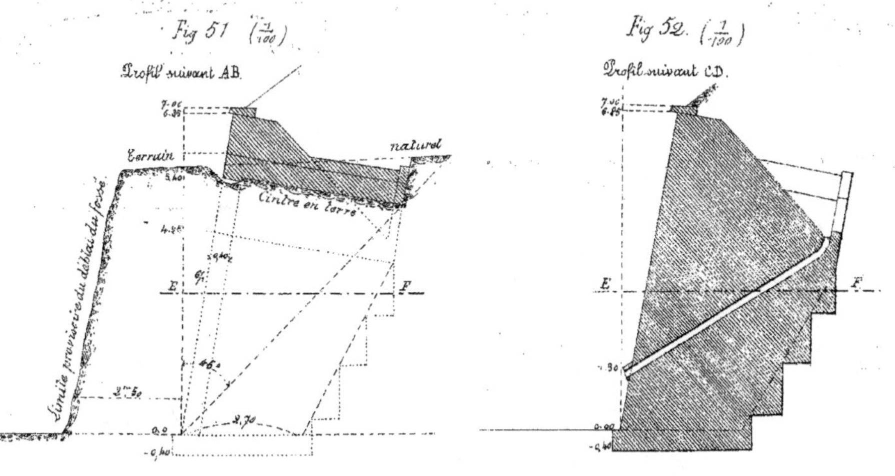

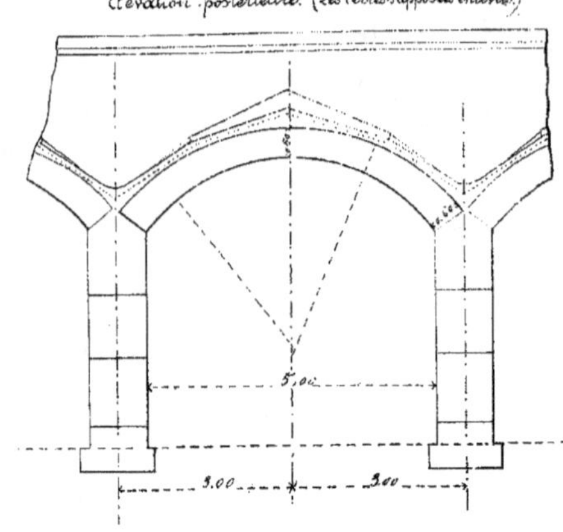

Fig 53. ($\frac{1}{100}$)

Élévation.

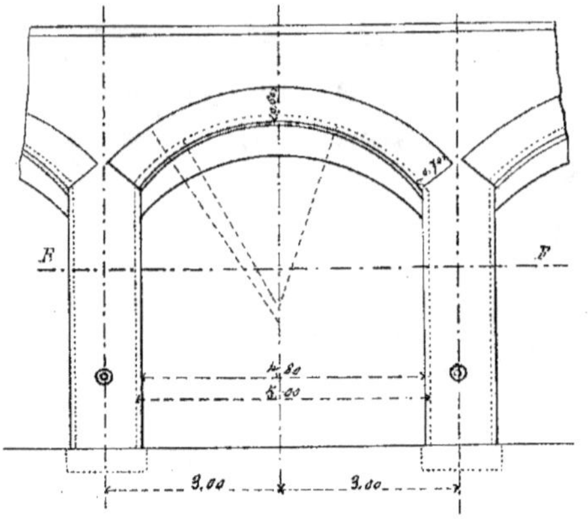

Fig. 54. ($\frac{1}{100}$).

Élévation postérieure. (Les terres supposées enlevées.)

Fig. 55 ($\frac{1}{100}$)

Plan suivant EF.

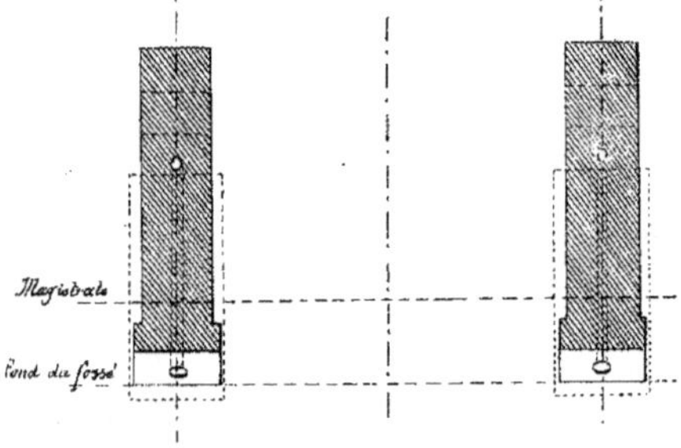

Fig. 56 ($\frac{1}{100}$).

Plan supérieur des maçonneries.

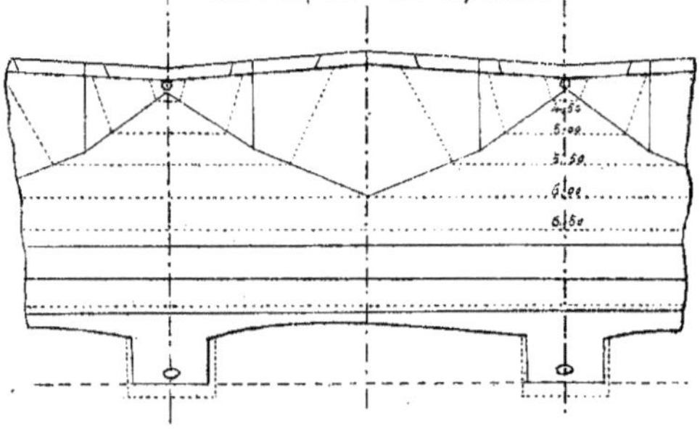

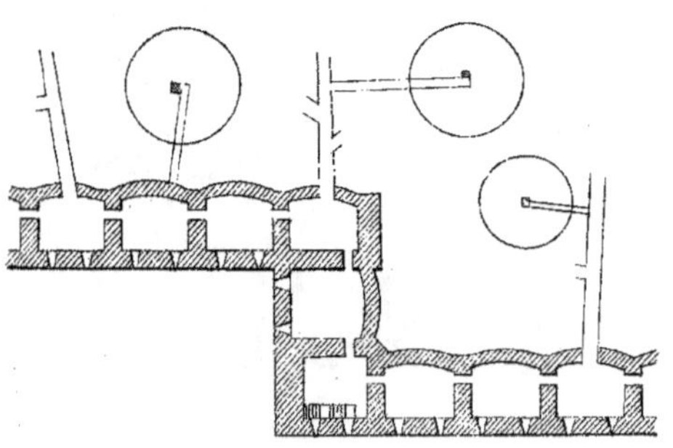

Fig. 57. Galerie de contrescarpe avec voûtes en décharge.

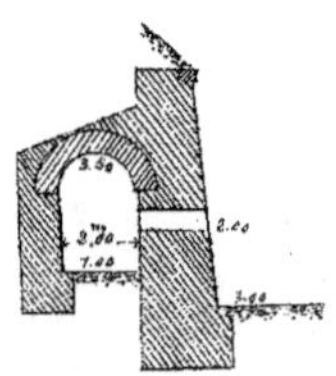

Fig. 58. Galerie de contrescarpe avec voûte unique longitudinale.

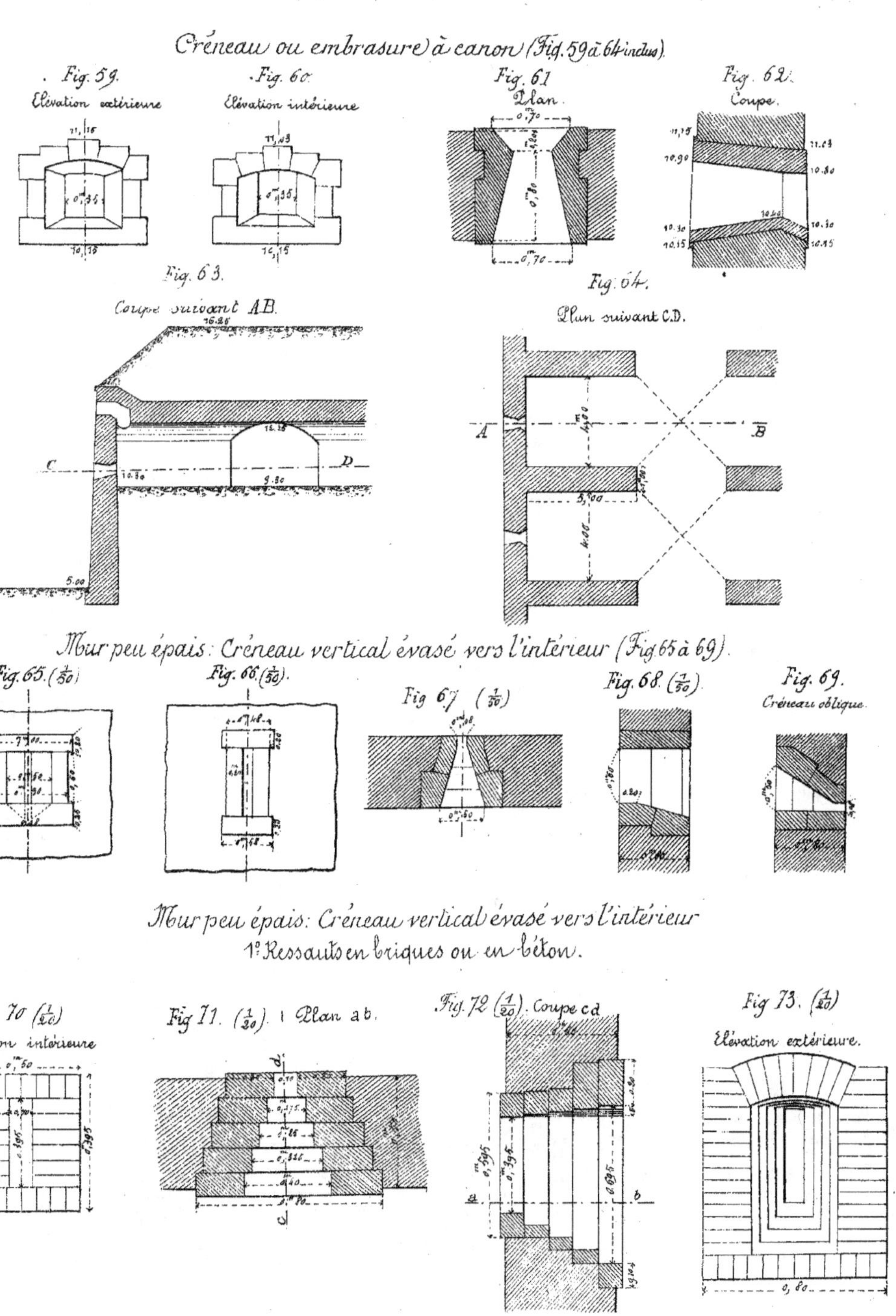

Créneau ou embrasure à canon (Fig. 59 à 64 inclus)
Fig. 59.
Élévation extérieure
Fig. 60.
Élévation intérieure
Fig. 61
Plan
Fig. 62.
Coupe.
Fig. 63.
Coupe suivant AB.
Fig. 64.
Plan suivant CD.
A
B
C
D
Mur peu épais: Créneau vertical évasé vers l'intérieur (Fig. 65 à 69).
Fig. 65. (1/50)
Fig. 66. (1/50).
Fig. 67 (1/50)
Fig. 68. (1/50)
Fig. 69.
Créneau oblique.
Mur peu épais: Créneau vertical évasé vers l'intérieur
1° Ressauts en briques ou en béton.
Fig. 70 (1/20)
Élévation intérieure
Fig. 71. (1/20). Plan a b.
Fig. 72 (1/20). Coupe c d
Fig. 73. (1/20)
Élévation extérieure.

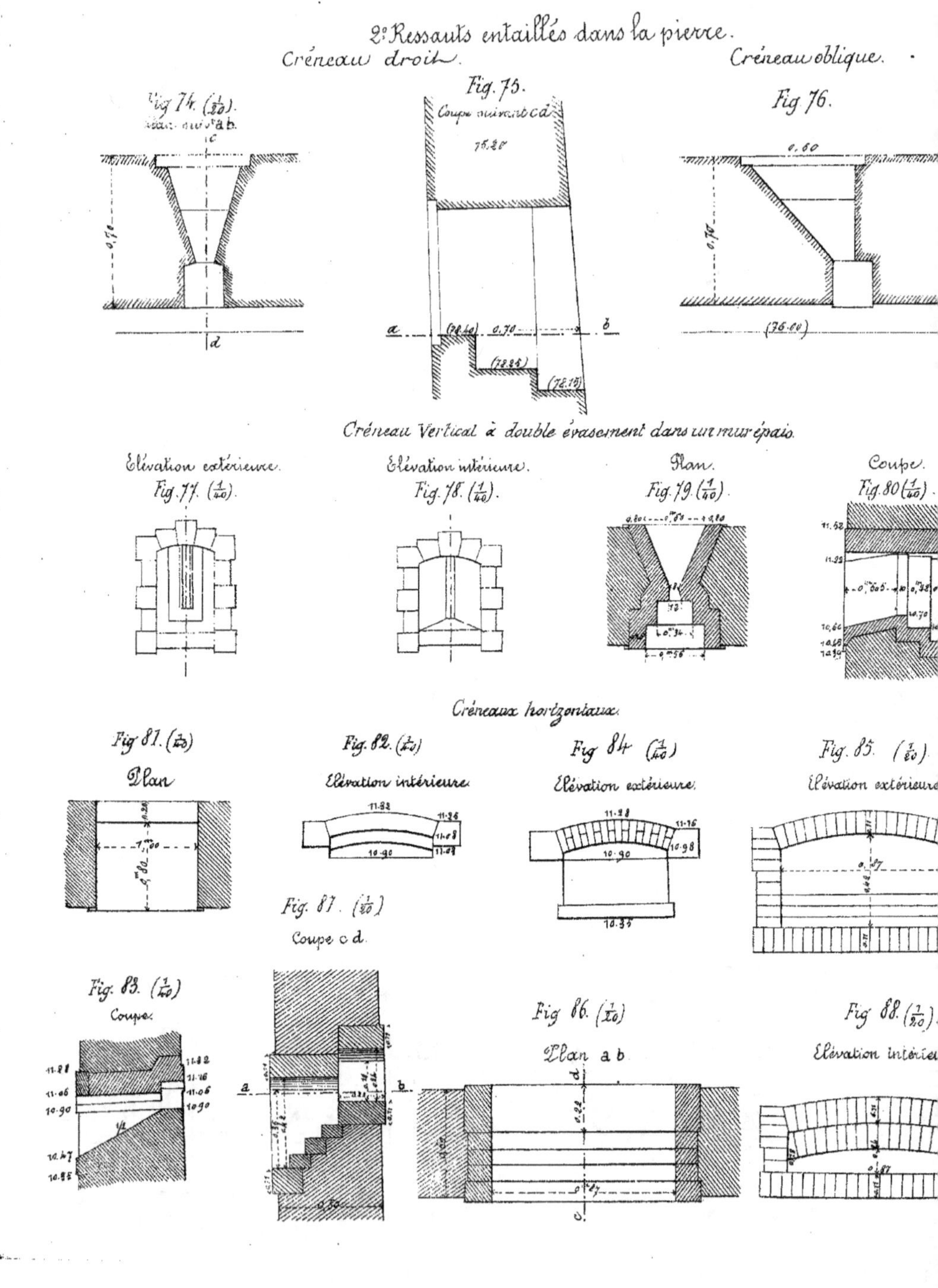

2º Ressauts entaillés dans la pierre.
Créneau droit.
Créneau oblique.
Fig. 74. (1/20).
Fig. 75.
Fig. 76.
Coupe suivant cd.
Créneau Vertical à double évasement dans un mur épais.
Élévation extérieure.
Fig. 77. (1/40).
Élévation intérieure.
Fig. 78. (1/40).
Plan.
Fig. 79. (1/40).
Coupe.
Fig. 80. (1/40).
Créneaux horizontaux.
Fig. 81. (1/20)
Plan
Fig. 82. (1/20)
Élévation intérieure.
Fig. 84. (1/40)
Élévation extérieure.
Fig. 85. (1/20)
Élévation extérieure
Fig. 87. (1/20)
Coupe c d.
Fig. 83. (1/40)
Coupe.
Fig. 86. (1/20)
Plan a b
Fig. 88. (1/20)
Élévation intérieure

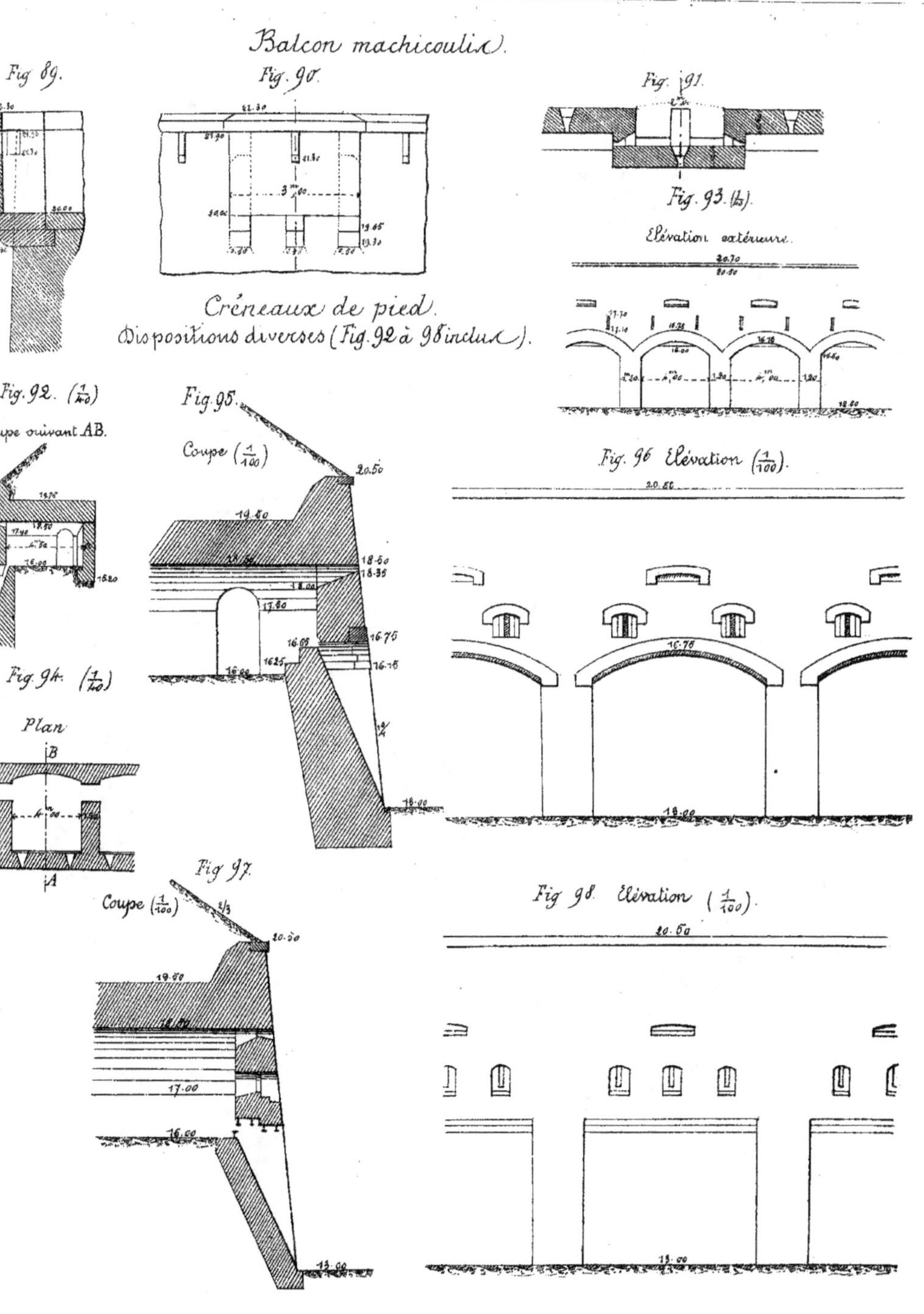

Balcon machicoulis.
Fig. 89.
Fig. 90.
Fig. 91.
Fig. 93. (½).
Élévation extérieure.
Créneaux de pied.
Dispositions diverses (Fig. 92 à 98 inclus).
Fig. 92. (1/40)
Coupe suivant AB.
Fig. 95.
Coupe (1/100).
Fig. 96 Élévation (1/100).
Fig. 94. (1/40)
Plan
B
A
Fig. 97.
Coupe (1/100)
Fig. 98. Élévation (1/100).

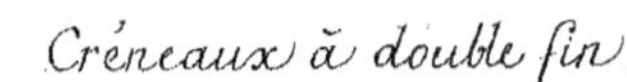

Créneaux à double fin.

Fig. 99. Coupe suivant a b. $\left(\frac{1}{100}\right)$ — Fig. 100. Plan $\left(\frac{1}{100}\right)$ — Fig. 101. Élévation $\left(\frac{1}{100}\right)$

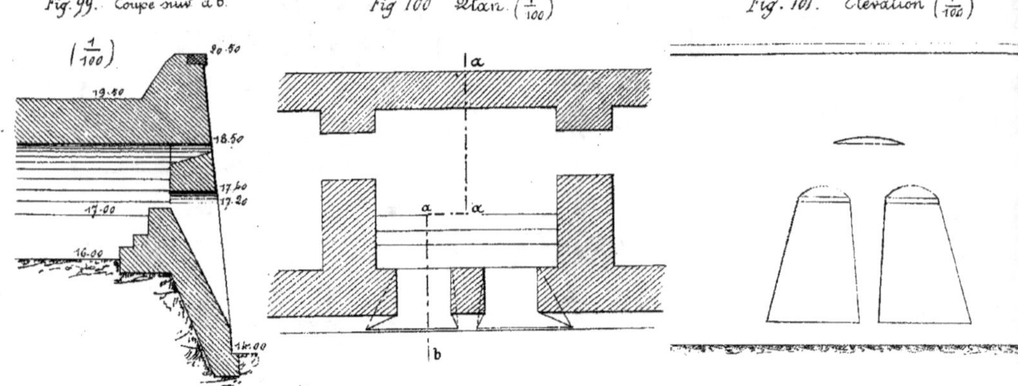

Disposition spéciale d'un créneau de pied supprimant les angles morts (Fig. 102 à 105).

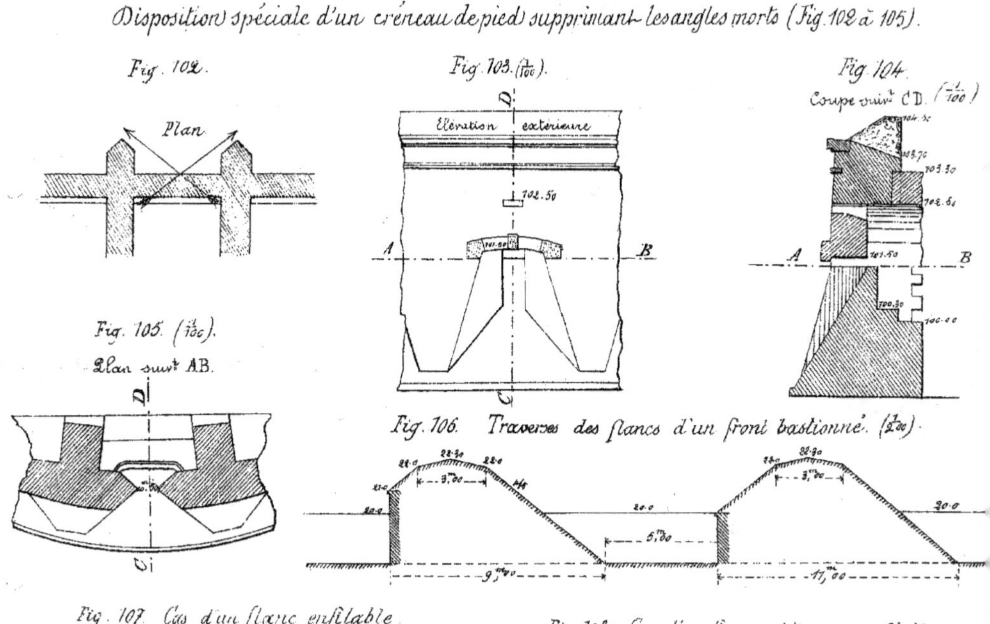

Fig. 107. Cas d'un flanc enfilable. — Fig. 108. Cas d'un flanc médiocrement enfilable.

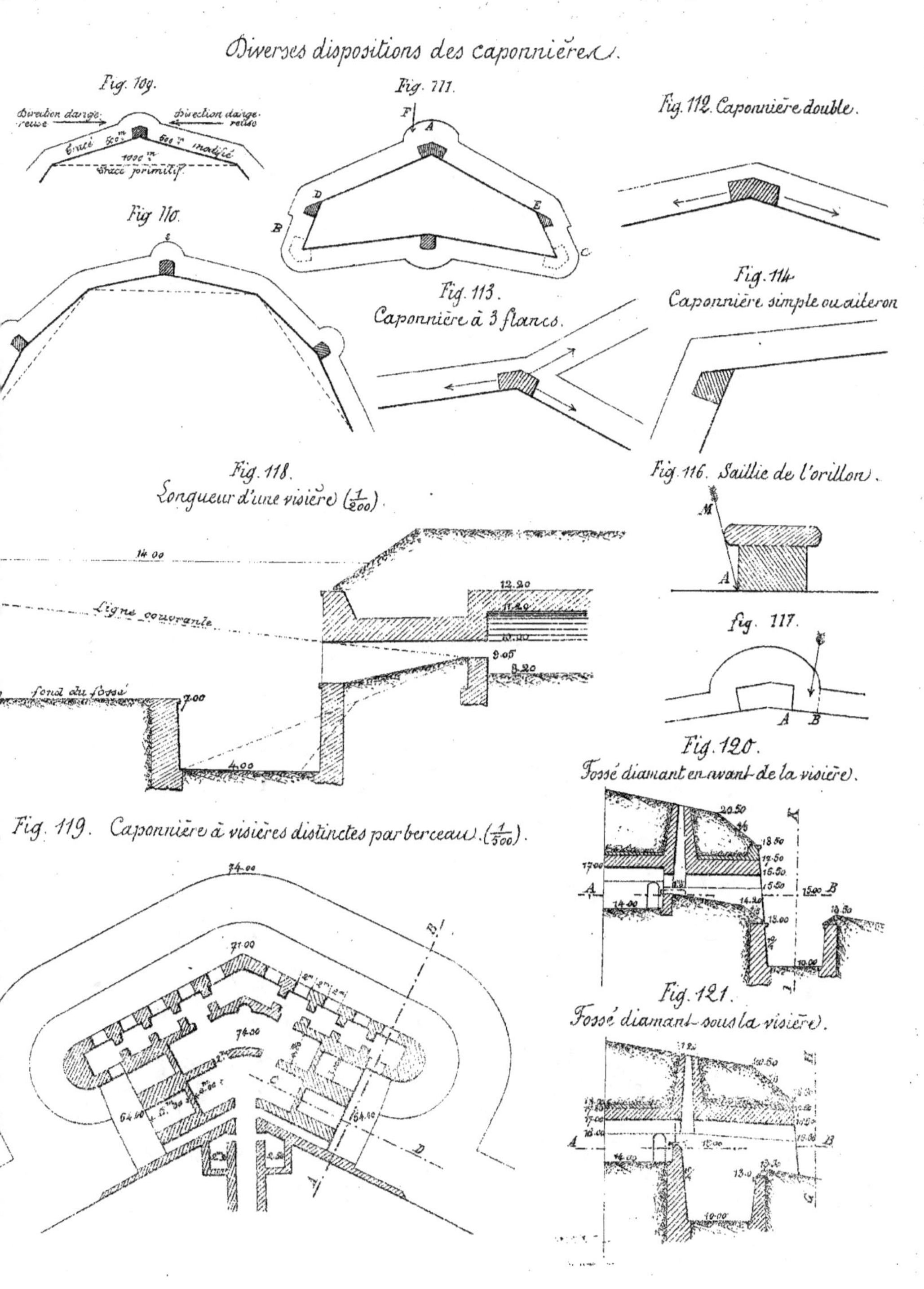

Diverses dispositions des caponnières.

Fig. 109.
Direction dange-reuse
Direction dange-reuse
Tracé 800ᵐ 600ᵐ modifié
1000ᵐ
Tracé primitif

Fig. 110.

Fig. 111.
F A
D E
B C

Fig. 112. Caponnière double.

Fig. 113.
Caponnière à 3 flancs.

Fig. 114.
Caponnière simple ou aileron

Fig. 118.
Longueur d'une visière (1/200).
14.00
Ligne couvrante
fond du fossé
7.00
4.00
12.20
11.20
10.40
9.05
8.20

Fig. 116. Saillie de l'orillon.
M
A

fig. 117.
A B

Fig. 120.
Fossé diamant en avant de la visière.
20.50
18.50
17.00
17.50
16.50
15.50
15.00
14.00
14.20
15.00
10.00
15.30

Fig. 119. Caponnière à visières distinctes par berceau. (1/500).
74.00
71.00
74.00
64.00
64.10
B
C
D

Fig. 121.
Fossé diamant sous la visière.
19.50
17.00
16.00
15.00
19.00
13.00
10.00
A B

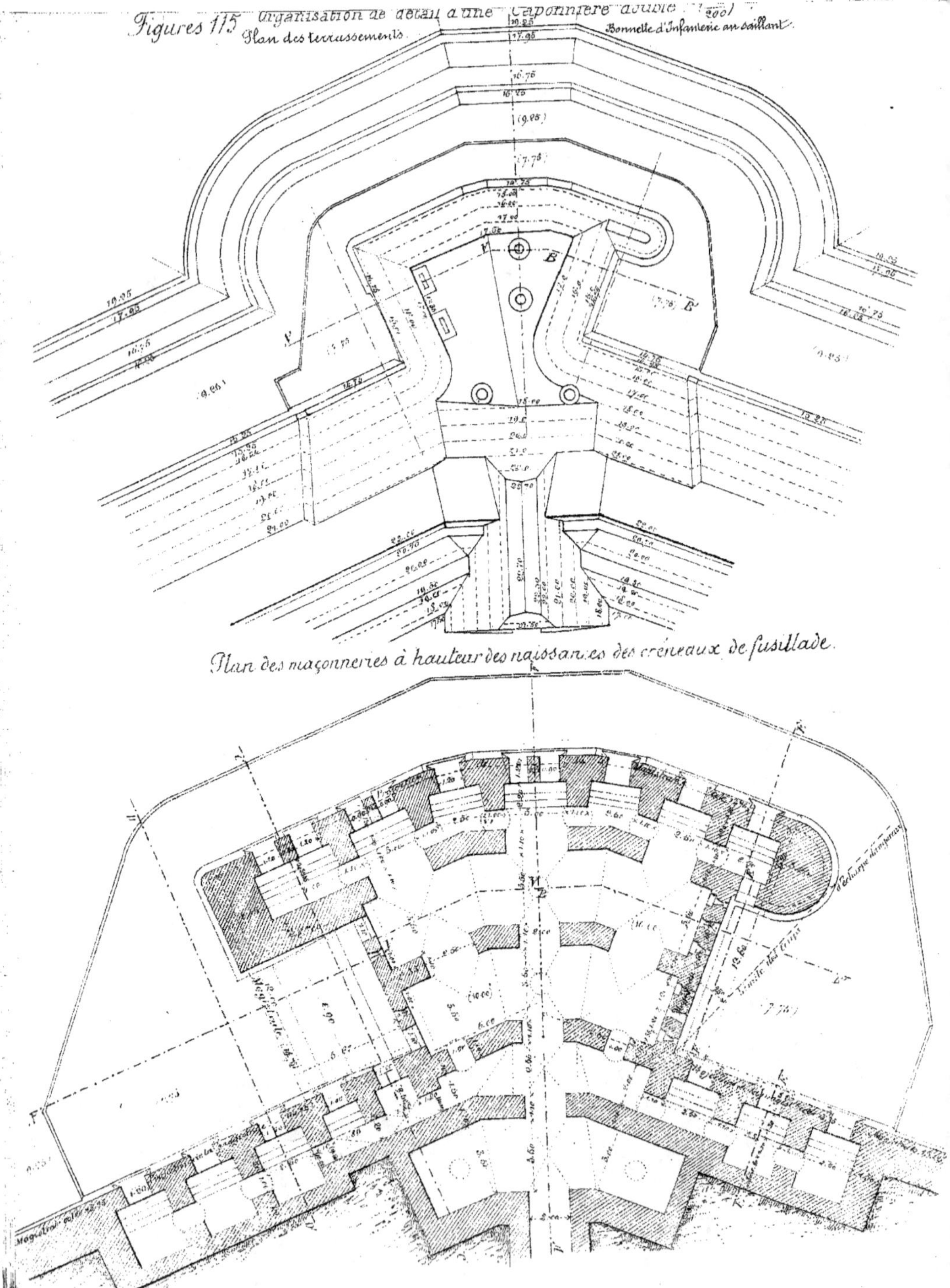

Figures 115
Organisation de détail d'une Caponnière double. (1/200)
Plan des terrassements.
Bonnette d'Infanterie au saillant.
Plan des maçonneries à hauteur des naissances des créneaux de fusillade.

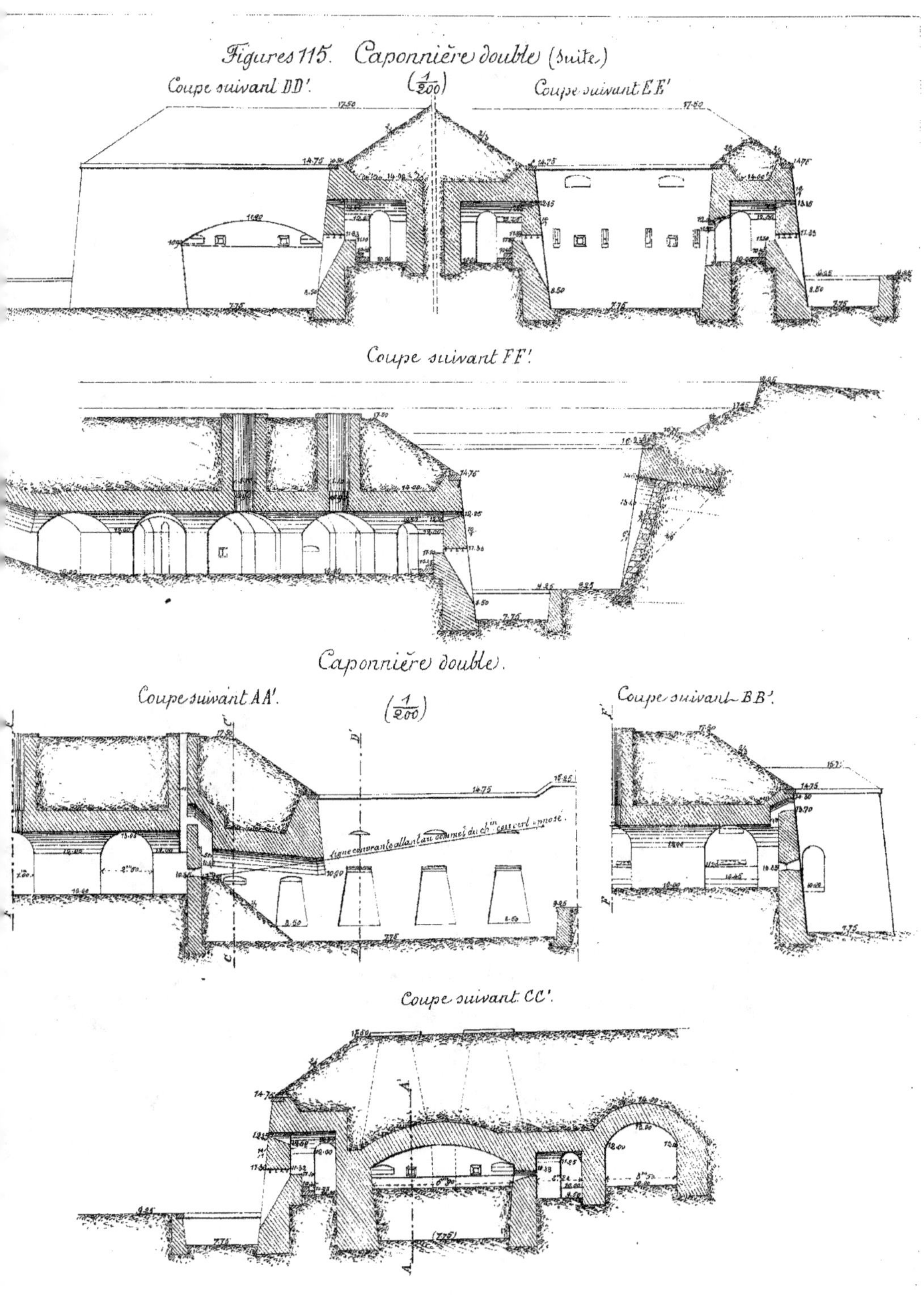

Figures 115. Caponnière double (suite)
Coupe suivant DD'.
(1/200)
Coupe suivant EE'
Coupe suivant FF'.
Caponnière double.
Coupe suivant AA'.
(1/200)
Coupe suivant BB'.
Coupe suivant CC'.

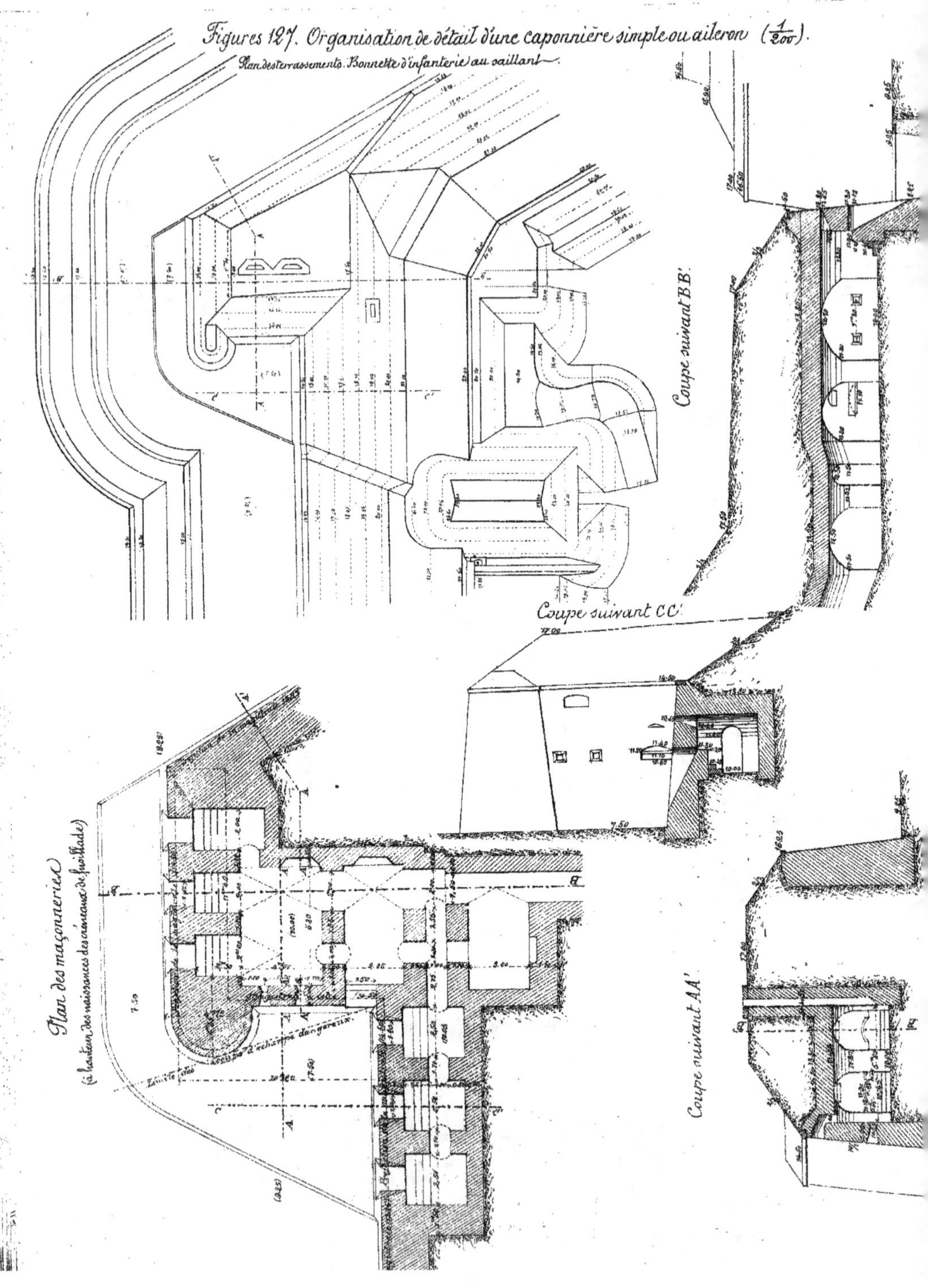

Figures 127. Organisation de détail d'une caponnière simple ou aileron (1/200).
Plan des terrassements. Bonnette d'infanterie au saillant.
Coupe suivant BB'
Coupe suivant CC'
Coupe suivant AA'
Plan des maçonneries
(à hauteur des naissances des cuveaux de fusillade)

Caponnière à visières avec ressauts.

fig. 122. $\left(\tfrac{1}{200}\right)$

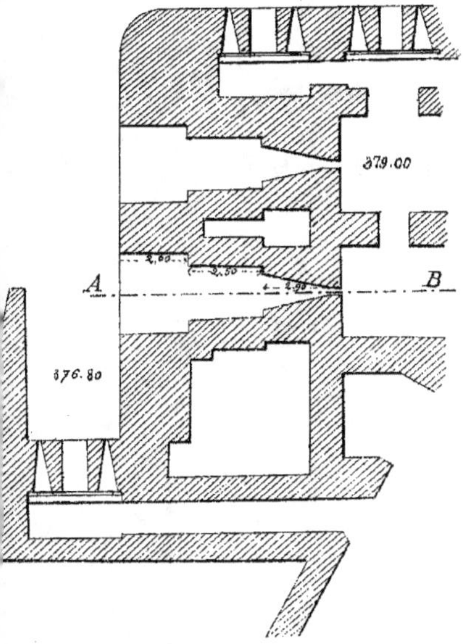

fig. 122 ^{bis} $\left(\tfrac{1}{200}\right)$

Coupe suivant AB.

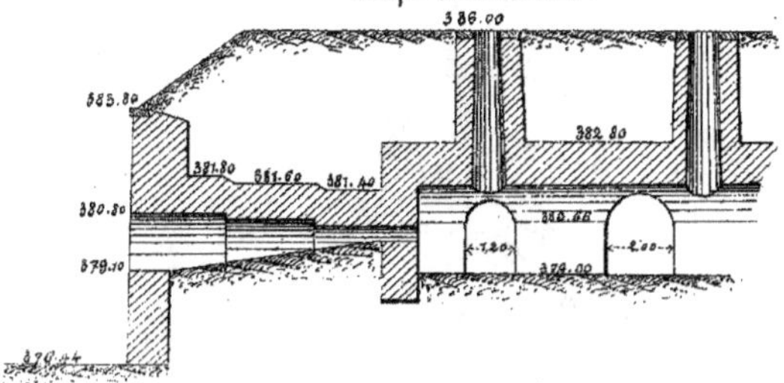

fig. 123. $\left(\tfrac{1}{200}\right)$

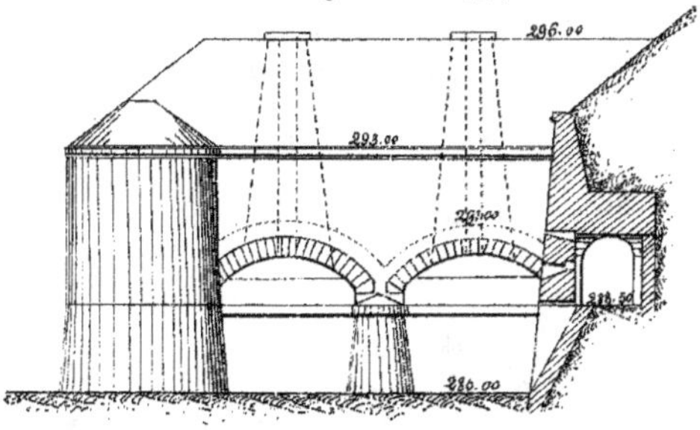

Cheminées d'évacuation des gaz (fig. 123, 124, 125)

fig. 124 $\left(\tfrac{1}{200}\right)$

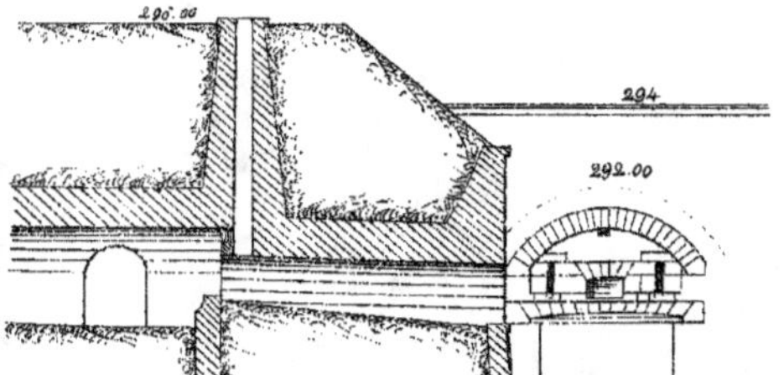

fig. 125. $\left(\tfrac{1}{200}\right)$

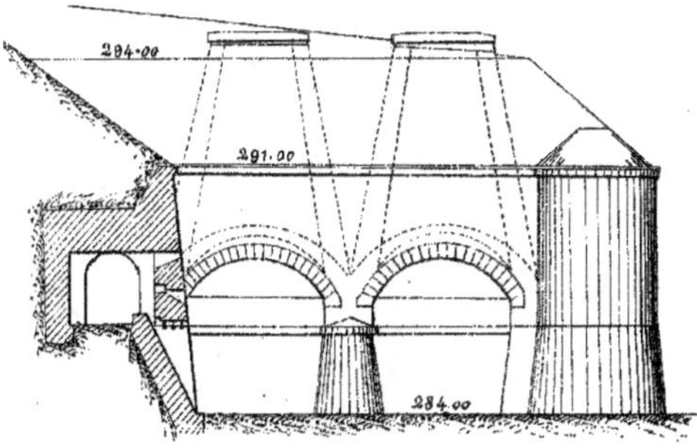

Grille de contrescarpe dans le voisinage d'une caponnière

fig. 126

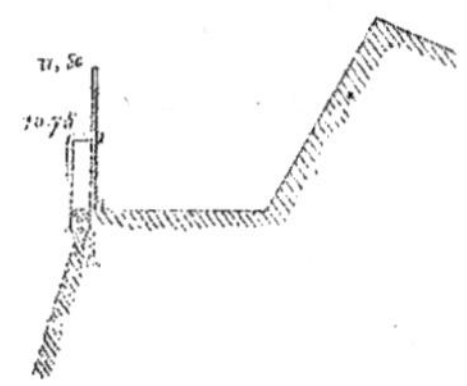

fig. 126 ^{bis}

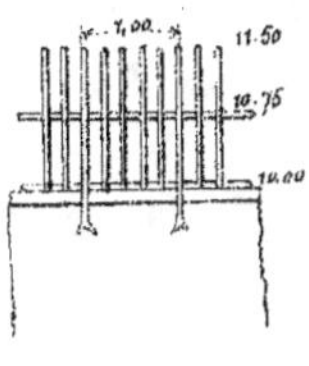

Coffre flanquant pour l'infanterie.

Fig. 128 $\left(\frac{1}{200}\right)$

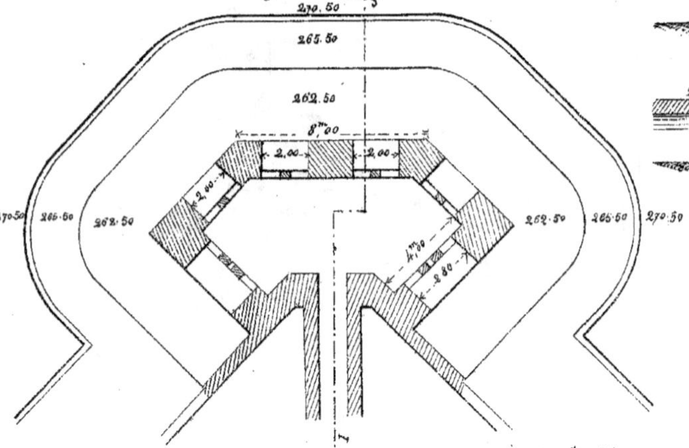

Fig. 128bis Coupe suivant IJ.

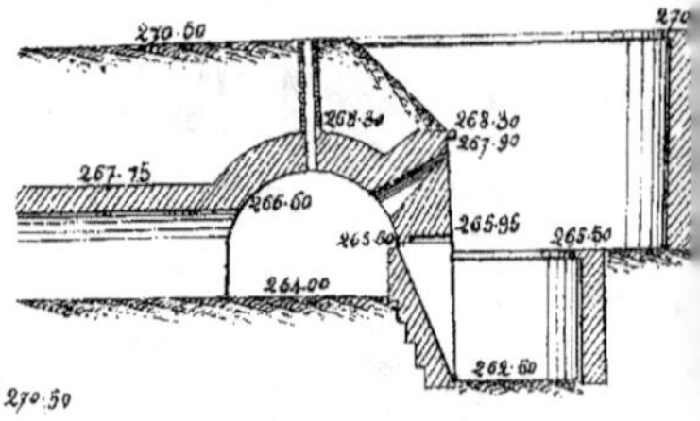

Caponnière à deux étages.
(Fig. 129, 129bis et 129ter).

fig. 129bis $\left(\frac{1}{200}\right)$

fig. 129. $\frac{1}{1500}$

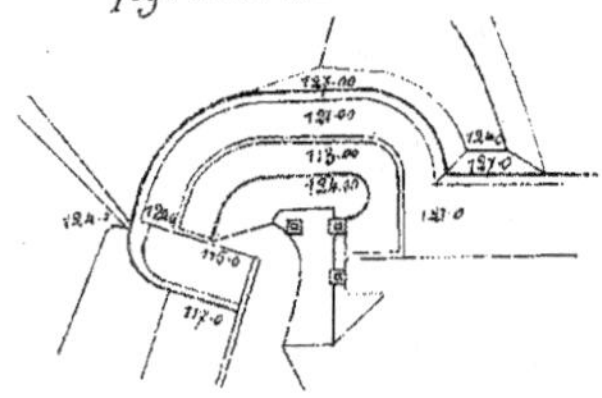

fig. 129ter $\frac{1}{200}$)

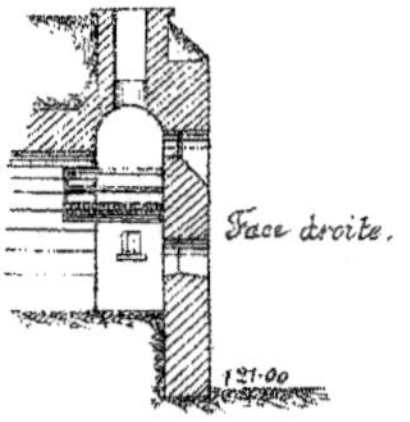

Face gauche

Face droite.

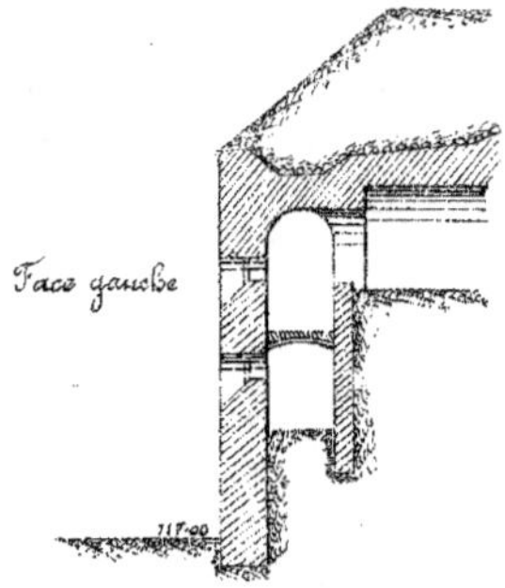

Front de l'Enceinte de Magdebourg.

Fig 130.

Plan à $\frac{1}{2500}$.

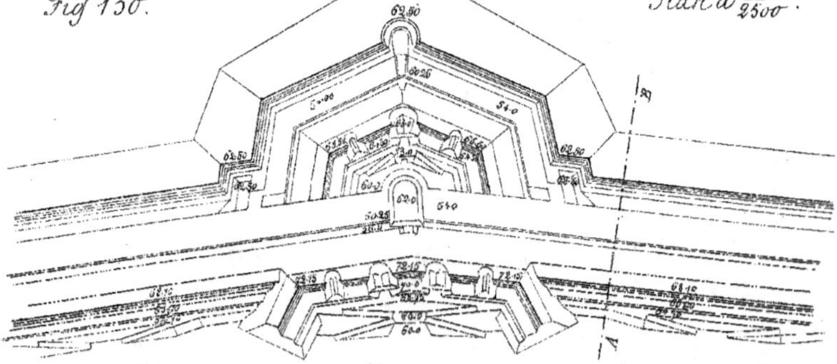

fig. 130bis Coupe suivant AB $\frac{1}{625}$

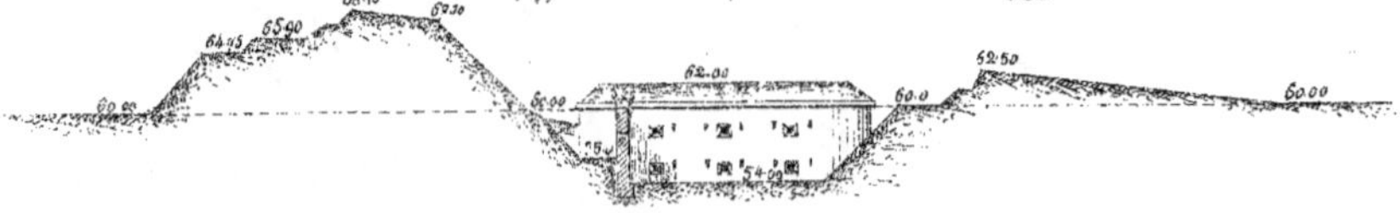

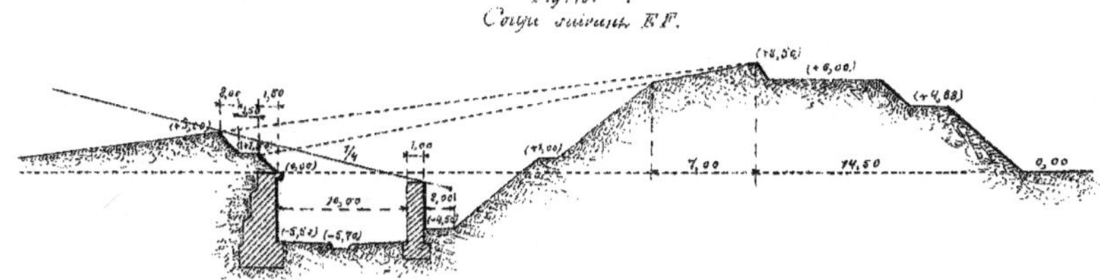

Fig. 131.
Nouvelle enceinte de Cologne.

Fig. 131 bis.
Coupe suivant EF.

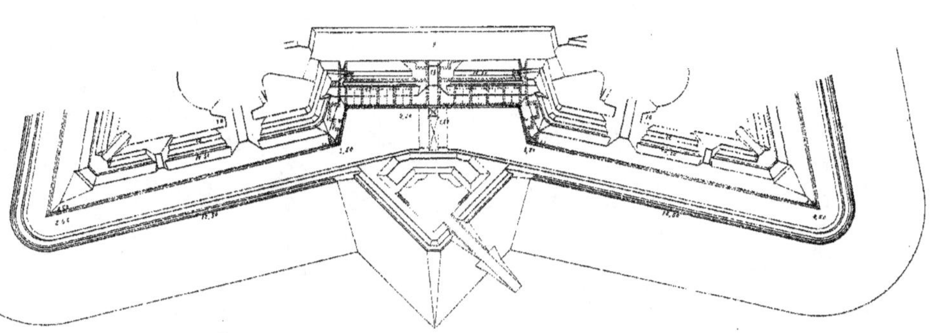

Fig. 132
Front pseudo-bastionné.

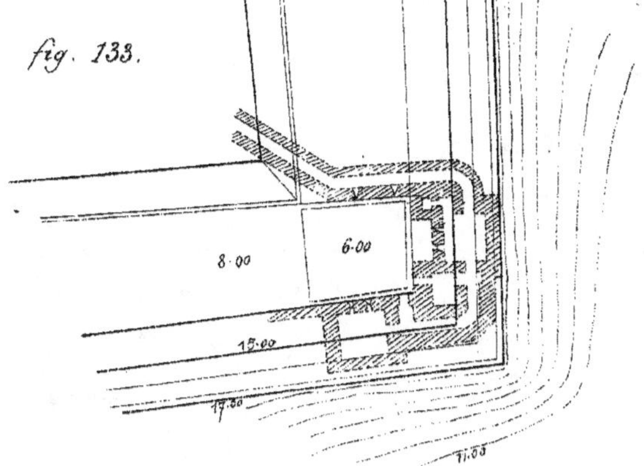

Coffre de flanquement de contrescarpe.

fig. 133.

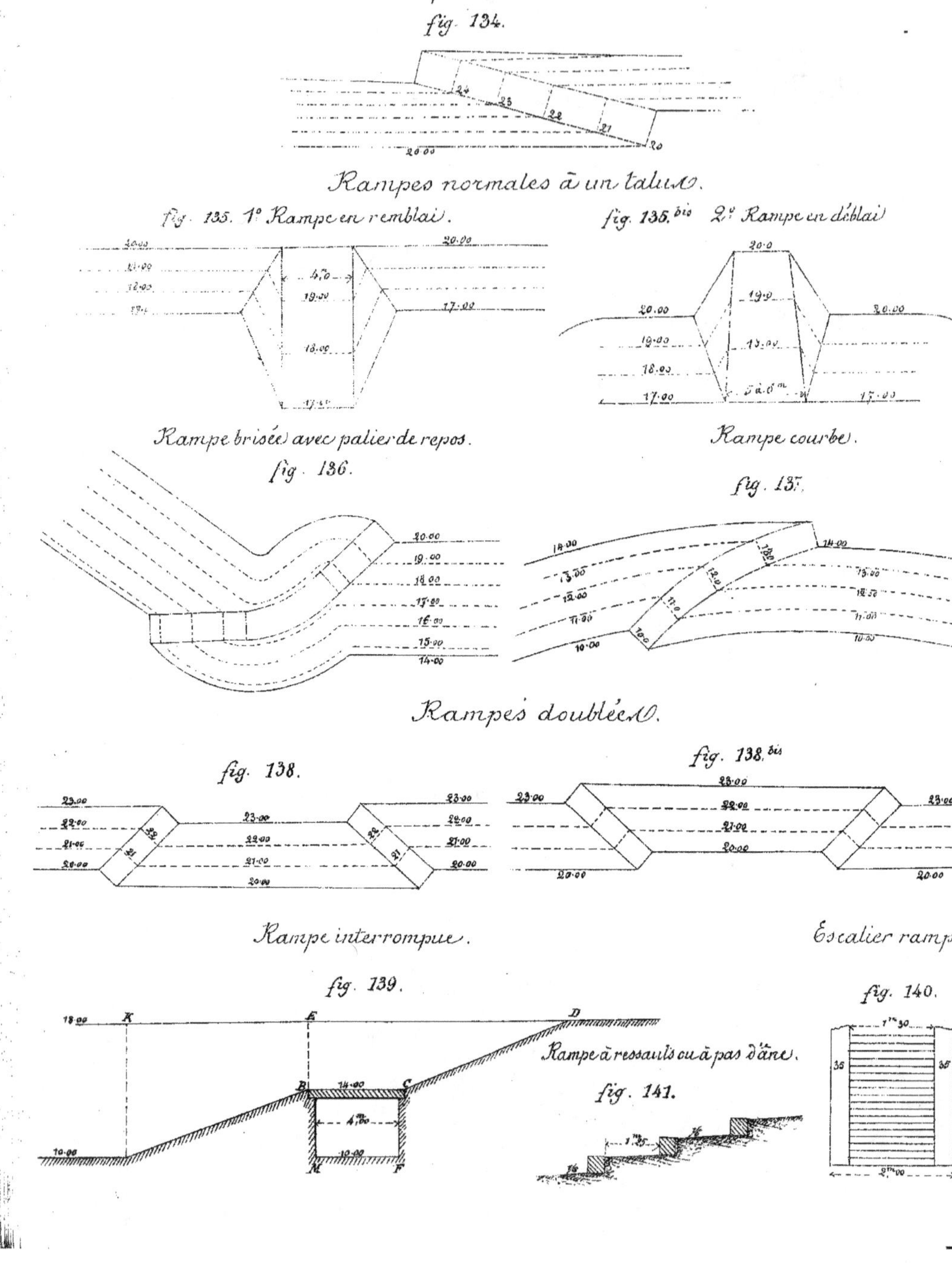

Rampe accolée à un talus.
fig. 134.
Rampes normales à un talus.
fig. 135. 1º Rampe en remblai.
fig. 135.bis 2º Rampe en déblai
Rampe brisée avec palier de repos.
fig. 136.
Rampe courbe.
fig. 137.
Rampes doublées.
fig. 138.
fig. 138.bis
Rampe interrompue.
fig. 139.
Escalier rampe
fig. 140.
Rampe à ressauts ou à pas d'âne.
fig. 141.

Escaliers à plusieurs volées et à paliers intermédiaires.

fig. 142.   fig. 143.

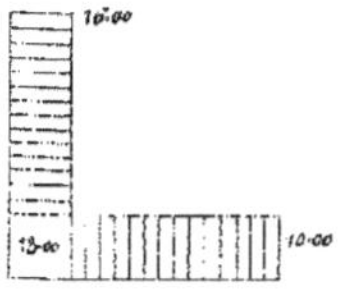

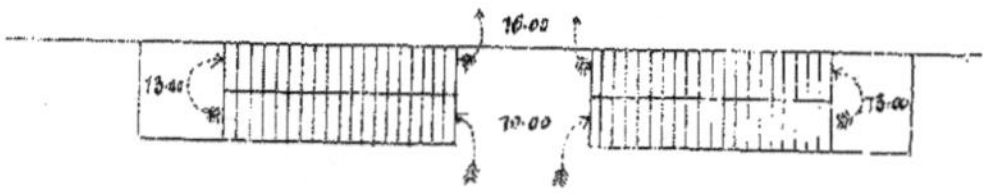

Ancienne poterne pour voitures. (fig. 144 et 144 bis).

fig. 144.   fig. 144 bis

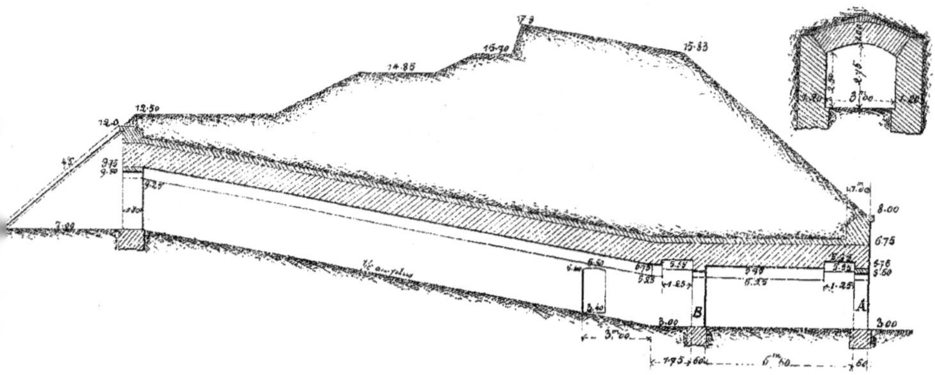

Débouché d'une poterne dans un talus.

fig. 145.   fig. 146. 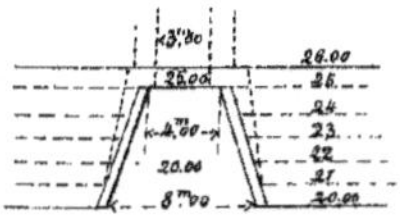   fig. 147.

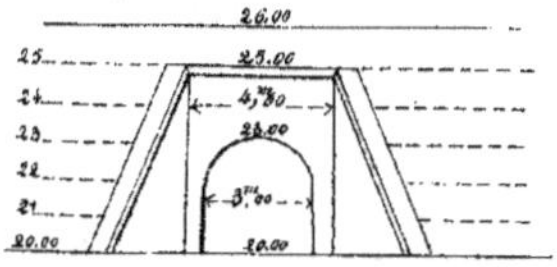

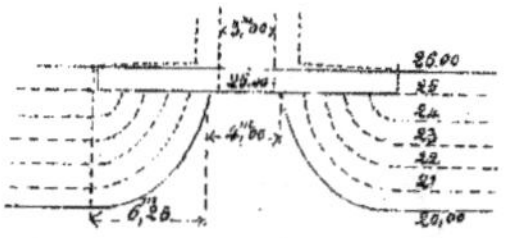

Descente de caponnière.

fig. 148. (1/400)   fig. 149 (1/500)

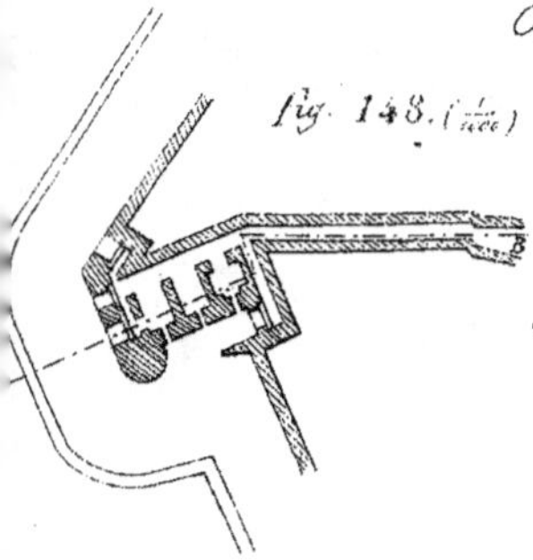

Coupe suivant AB.

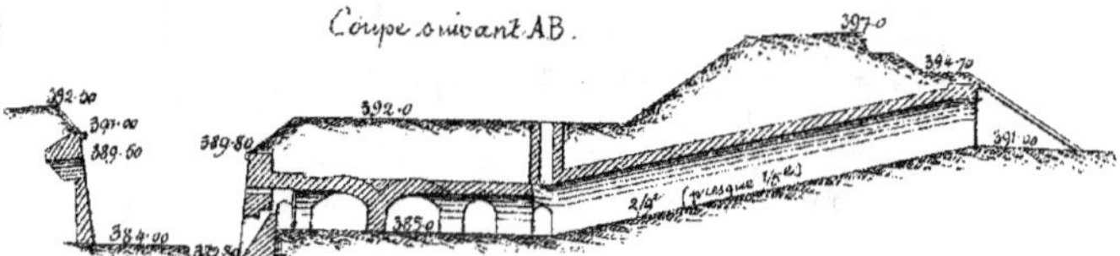

Escalier couvert reliant la caserne d'un ouvrage avec le terre plein supérieur.

Fig. 150

Plan de l'Escalier sup.t et de la Traverse.

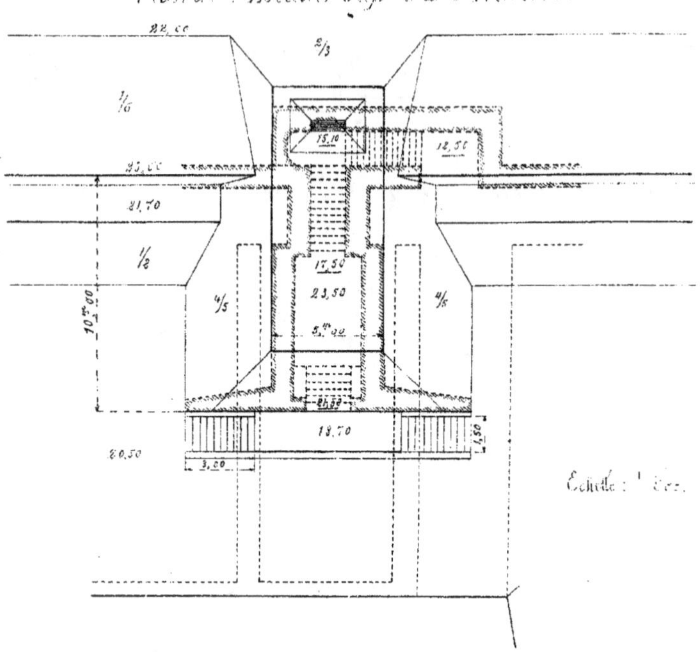

Fig. 150 bis

Coupe longitudinale de la Traverse

Fig. 150 ter

Plan de l'Escalier inférieur

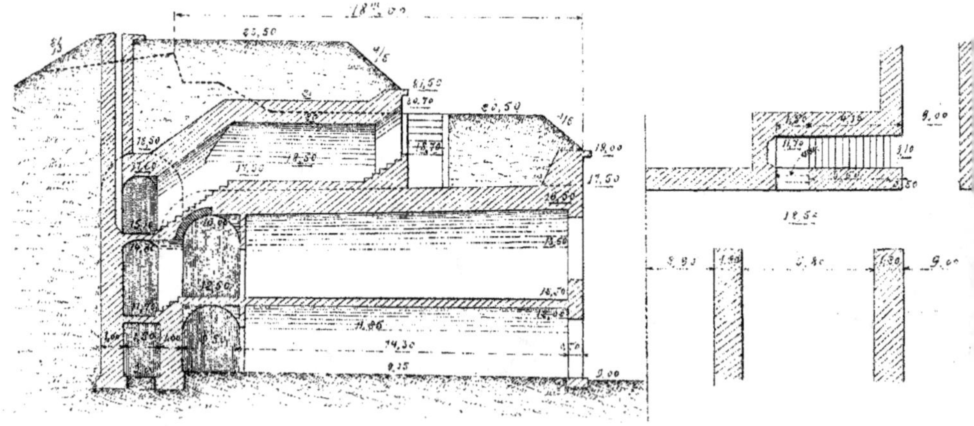

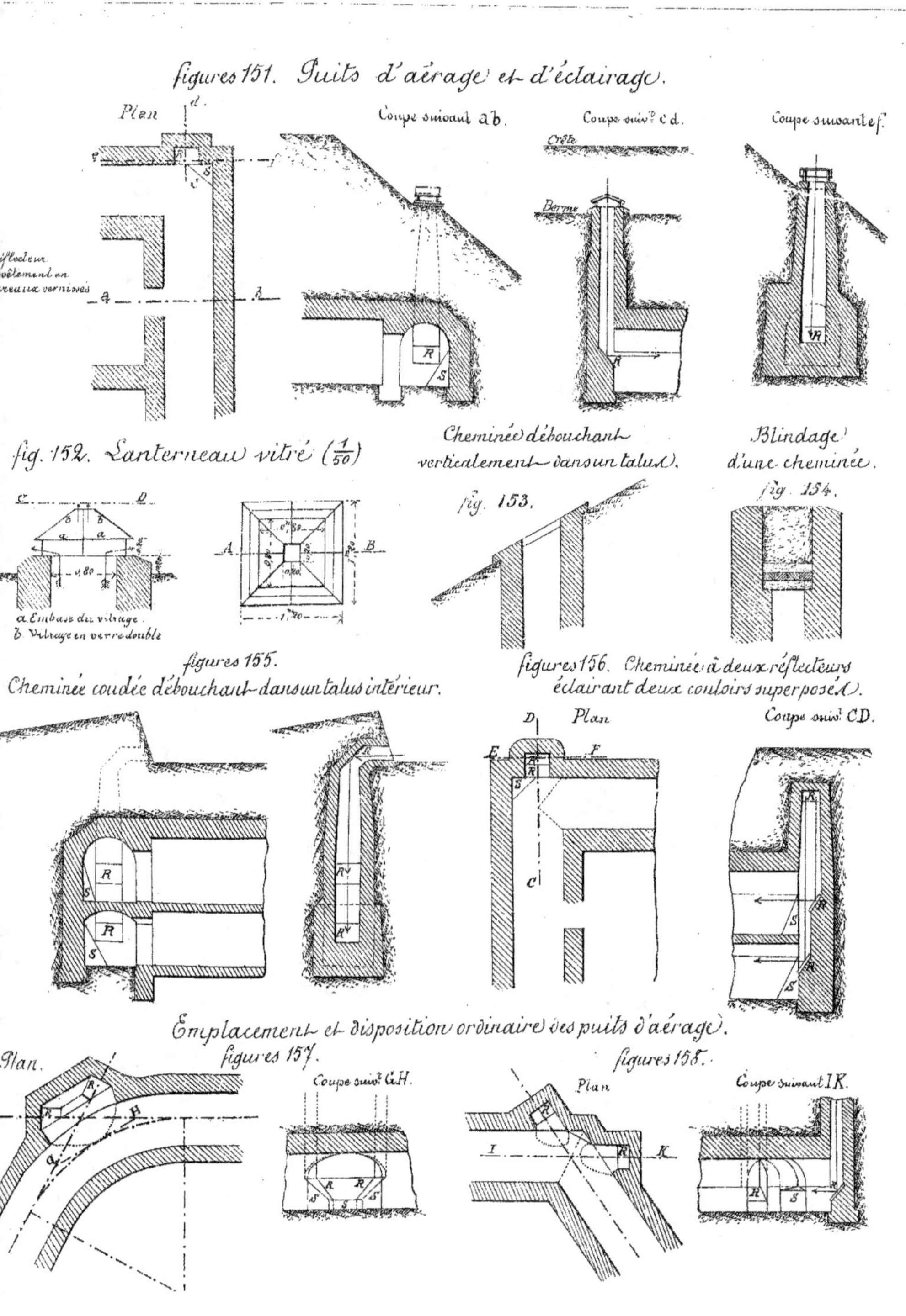

figures 151. Puits d'aérage et d'éclairage.

fig. 152. Lanterneau vitré (1/50)

Cheminée débouchant verticalement dans un talus.

fig. 153.

Blindage d'une cheminée.

fig. 154.

figures 155.
Cheminée coudée débouchant dans un talus intérieur.

figures 156. Cheminée à deux réflecteurs éclairant deux couloirs superposés.

Emplacement et disposition ordinaire des puits d'aérage.

figures 157.

figures 158.

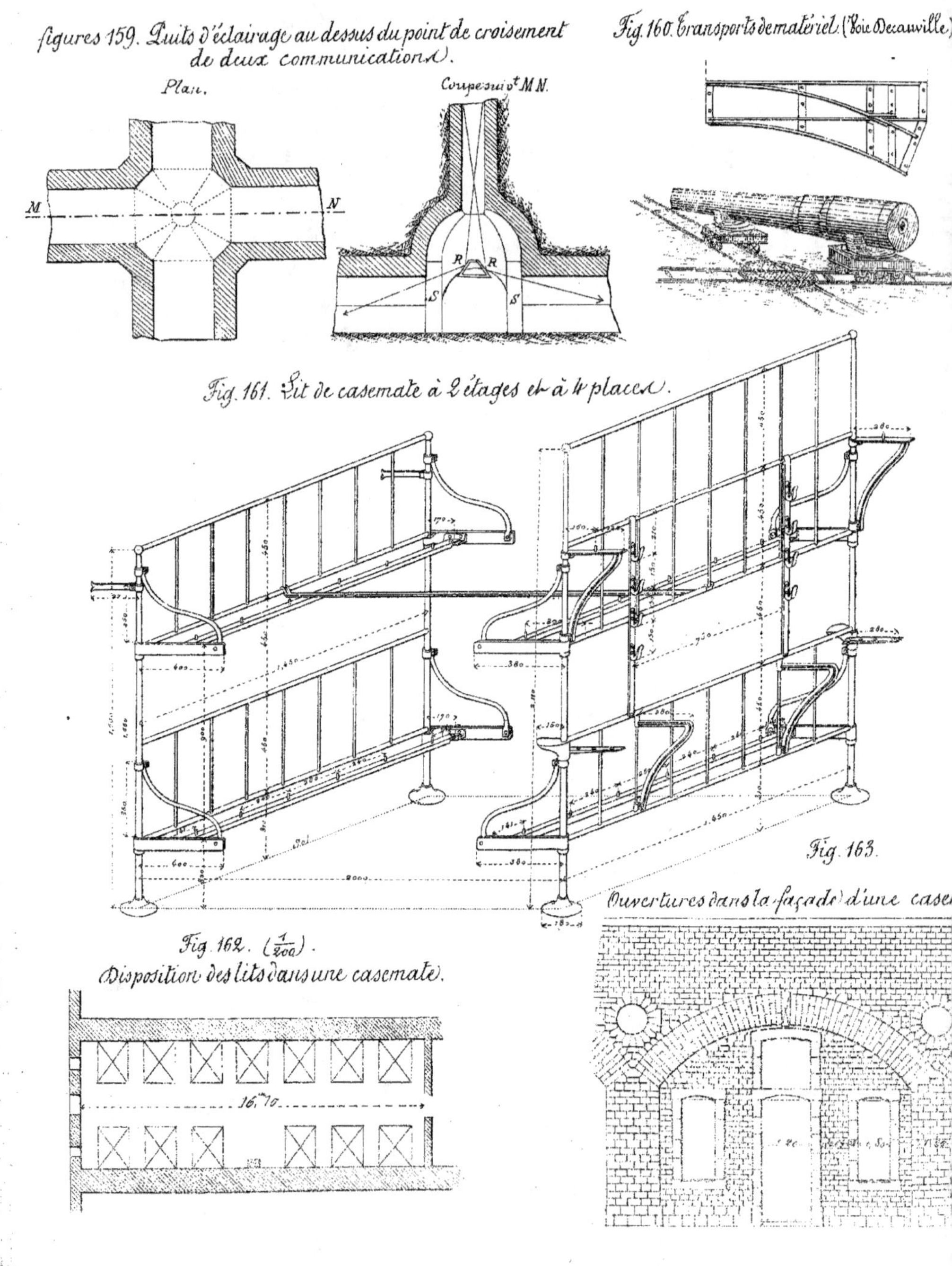

figures 159. Puits d'éclairage au dessus du point de croisement de deux communications.

Plan.

Coupe suivant M N.

Fig. 160. Transports de matériel. (Voie Decauville)

Fig. 161. Lit de casemate à 2 étages et à 4 places.

Fig. 163.

Ouvertures dans la façade d'une case

Fig. 162. ($\frac{1}{200}$).

Disposition des lits dans une casemate.

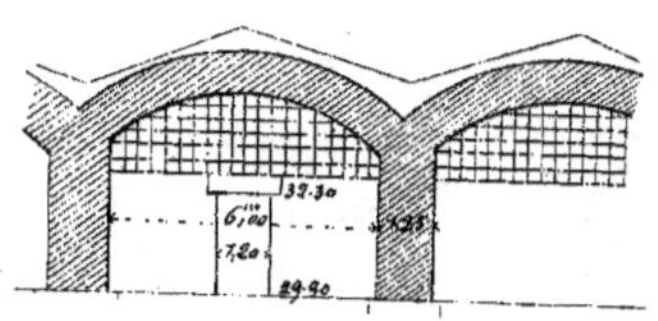

Fig. 164. Mur de fond formé d'une cloison avec vitrage.

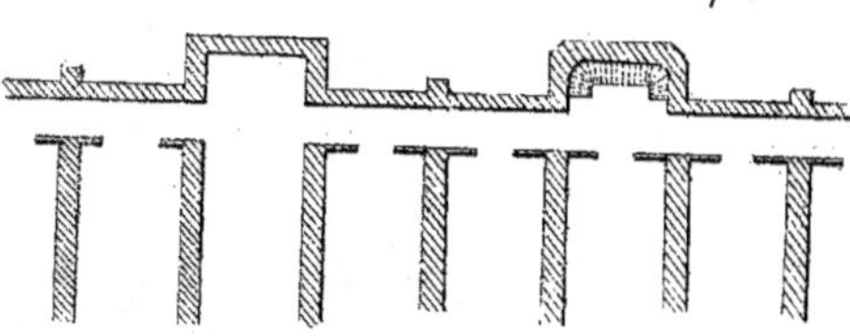

Fig. 167. Escaliers en arrière du couloir de fond.

Divers modes de recouvrement du couloir de fond des casemates.

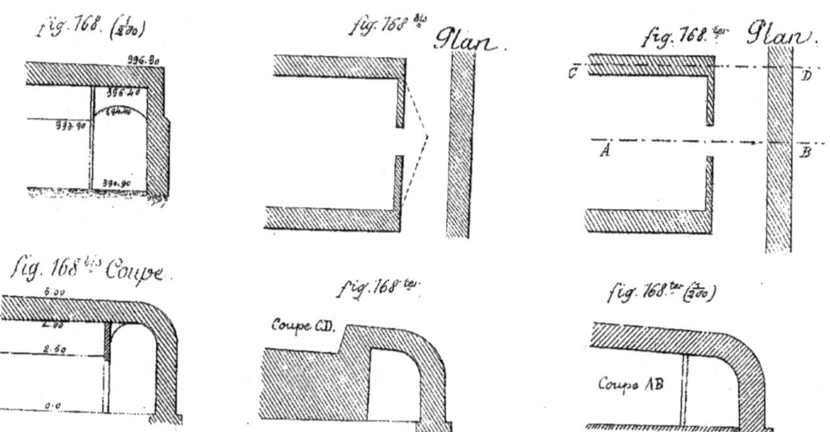

Dispositions diverses des culées contrebutant un massif de casemates.

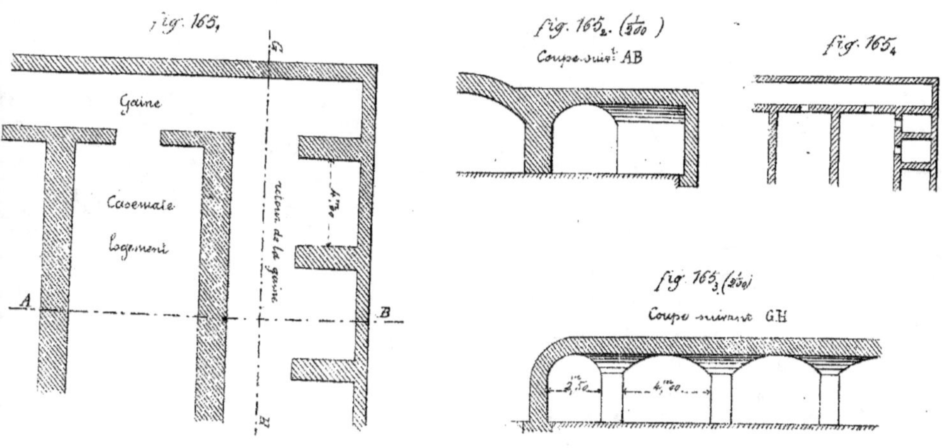

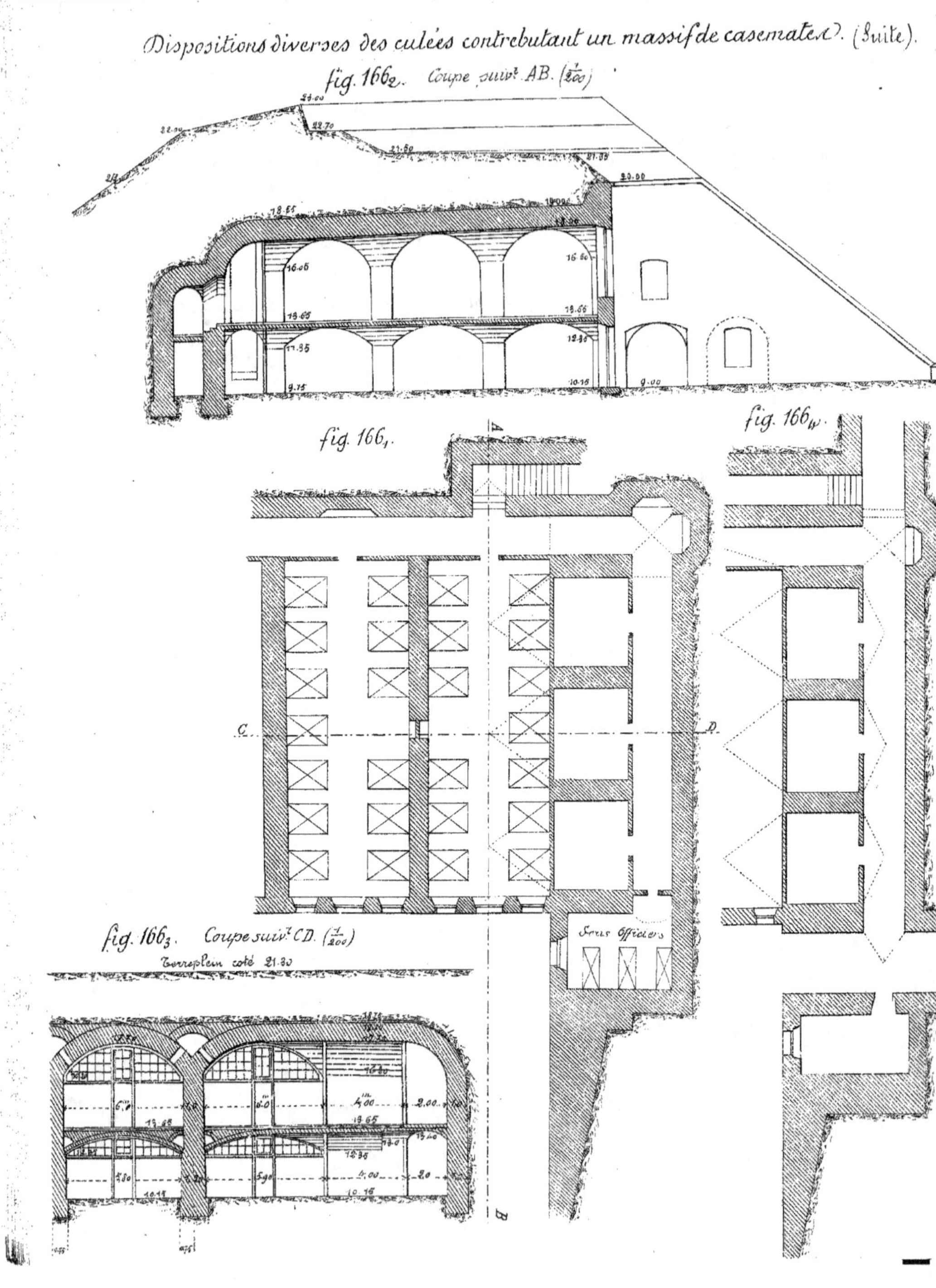

Dispositions diverses des culées contrebutant un massif de casemates. (Suite).
fig. 166₂.   Coupe suivᵗ AB. (1/200)
fig. 166₁.
fig. 166₄.
fig. 166₃.   Coupe suivᵗ CD. (1/200)
Terreplein coté 21.30
Sous Officiers
A
B
C
D

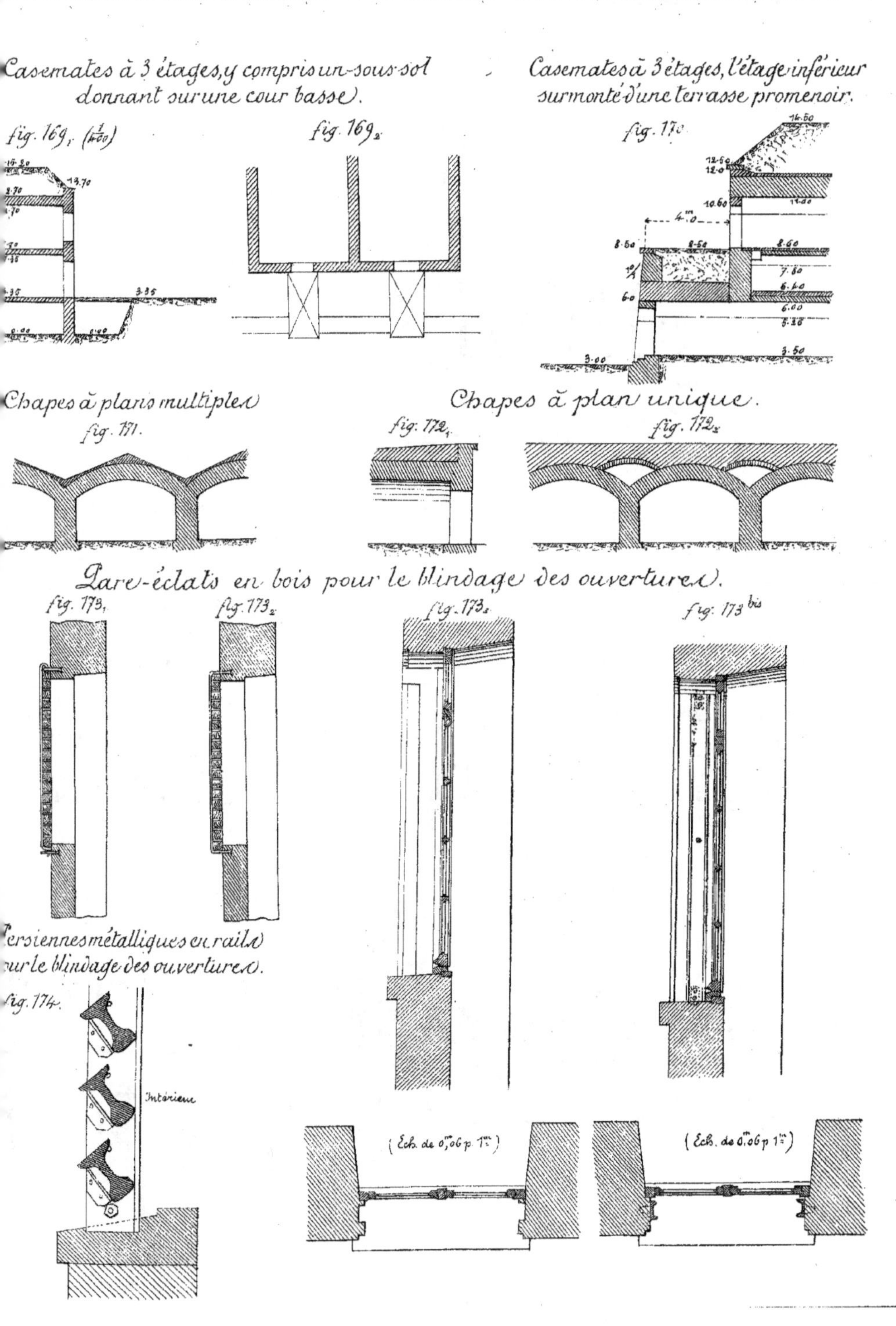

Casemates à 3 étages, y compris un sous-sol donnant sur une cour basse).
fig. 169₁ (1/400).
fig. 169₂
Casemates à 3 étages, l'étage inférieur surmonté d'une terrasse promenoir.
fig. 170
Chapes à plans multiples
fig. 171.
Chapes à plan unique.
fig. 172₁
fig. 172₂
Pare-éclats en bois pour le blindage des ouvertures).
fig. 173₁
fig. 173₂
fig. 173₃
fig. 173 bis
Persiennes métalliques en rails)
pour le blindage des ouvertures).
fig. 174.
Intérieur
(Éch. de 0ᵐ,06 p 1ᵐ)
(Éch. de 0ᵐ,06 p 1ᵐ)

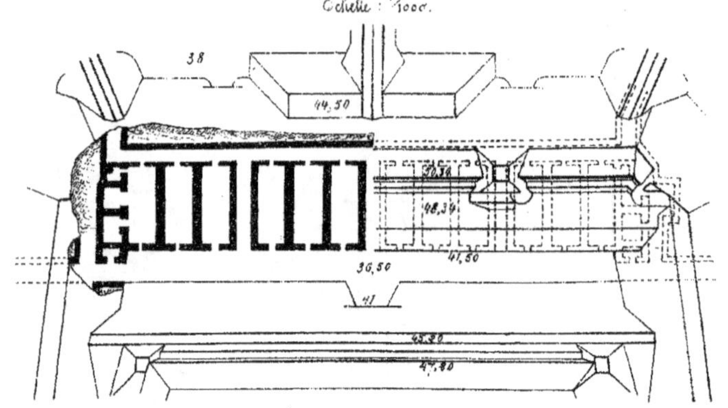

Dispositions diverses des façades des casernes dans le cas de forts détachés.

Fig. 175₁.

Corps de Caserne unique faisant face au Noyau central.

Échelle : 1/1000.

Fig. 175₂.

Locaux répartis en 2 corps de casernes, avec façades orientées vers le Noyau central.

Échelle de 1/1000.

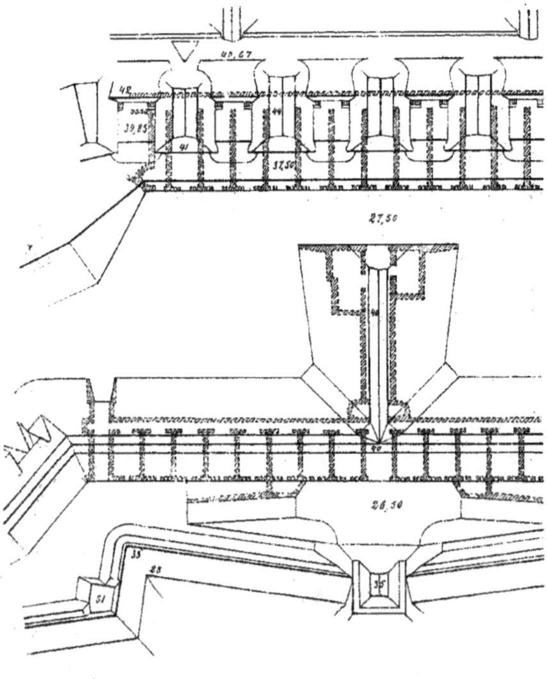

Fig. 175₃.

Emploi de 2 corps de casernes avec façades opp...

Échelle de 1/1000.

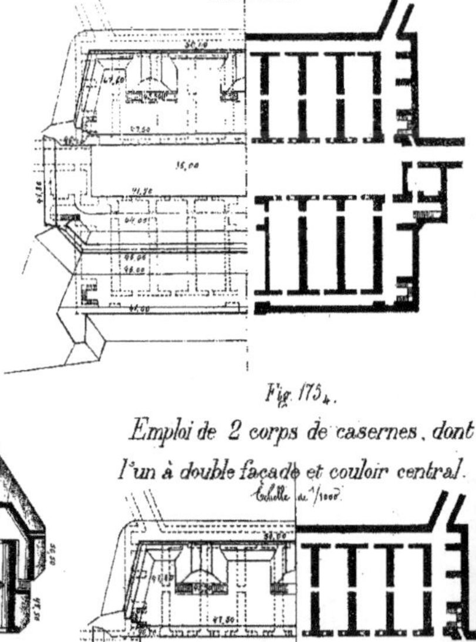

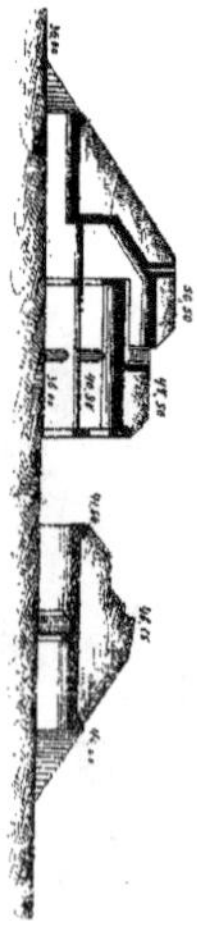

Fig. 175₄.

Emploi de 2 corps de casernes, dont l'un à double façade et couloir central.

Échelle de 1/1000.

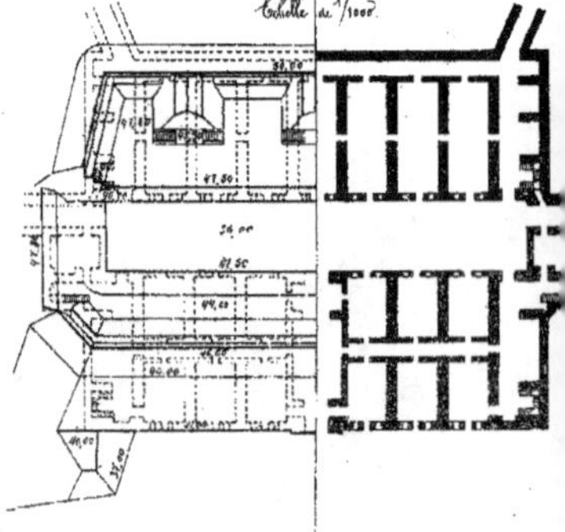

Dispositions diverses des façades et des cours des casernes dans le cas de forts isolés.
Fig. 178. Plan des dessus (1/1000).
fig. 178 bis = (1/1000)
Plan des dessous.
fig. 176. (1/200)
fig. 178 ter. (1/200)   Coupe AB.
fig. 177. (1/500)
fig. 178 quater (1/200).
Coupe CD.

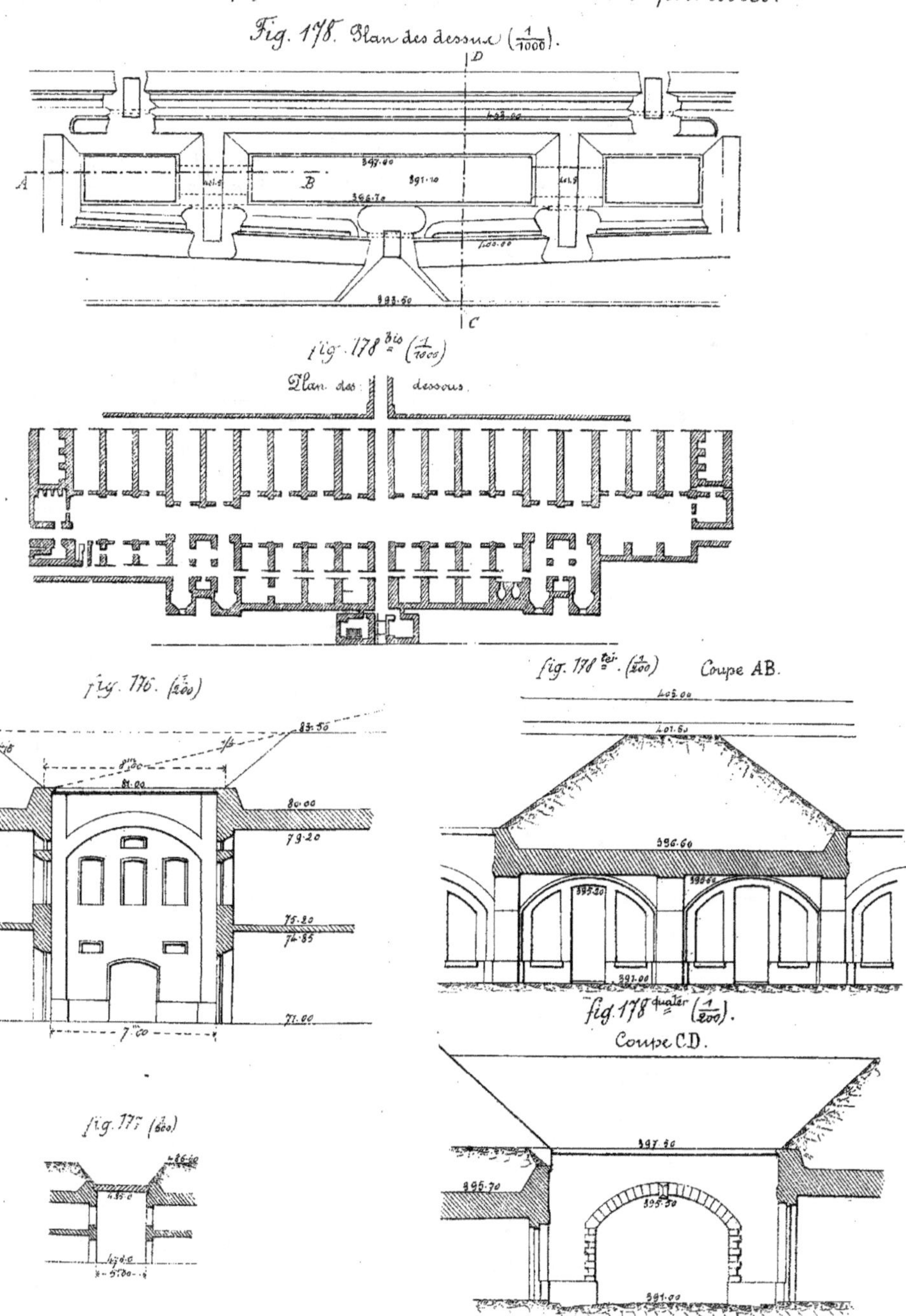

Dispositions diverses des façades et des cours des casernes dans le cas de forts isolés. (Suite).

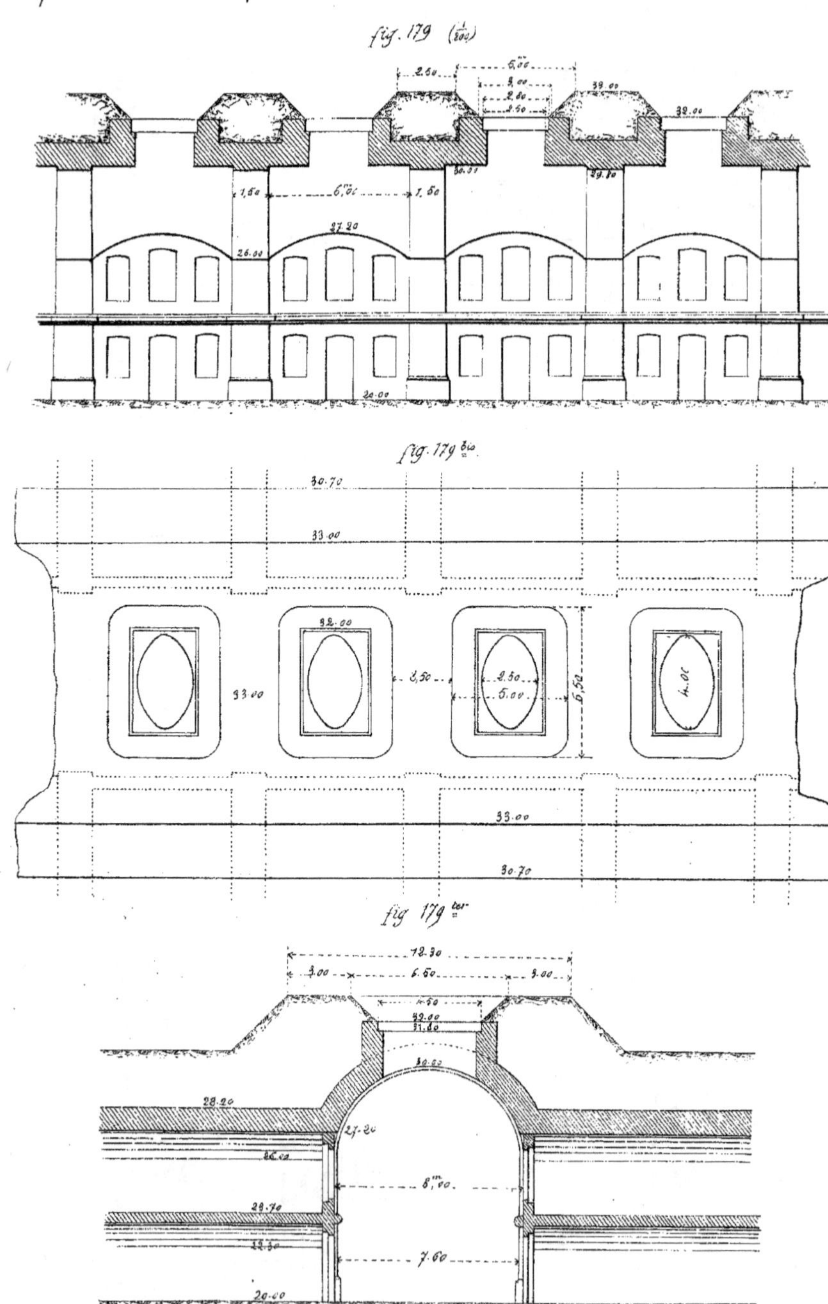
fig. 179 (1/200)
fig. 179 bis.
fig 179 ter.

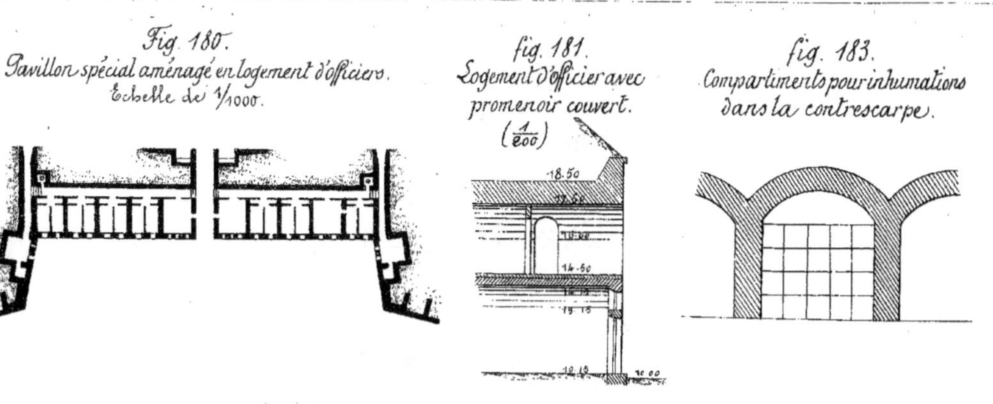

Fig. 180.
Pavillon spécial aménagé en logement d'officiers.
Échelle de 1/1000.

fig. 181.
Logement d'officier avec
promenoir couvert.
($\frac{1}{200}$)

fig. 183.
Compartiments pour inhumations
dans la contrescarpe.

Exemple d'organisation d'écuries à droite et à gauche d'un passage.

fig. 182₁ ($\frac{1}{400}$).

fig. 182₂ ($\frac{1}{200}$)

Coupe suiv^t AB.

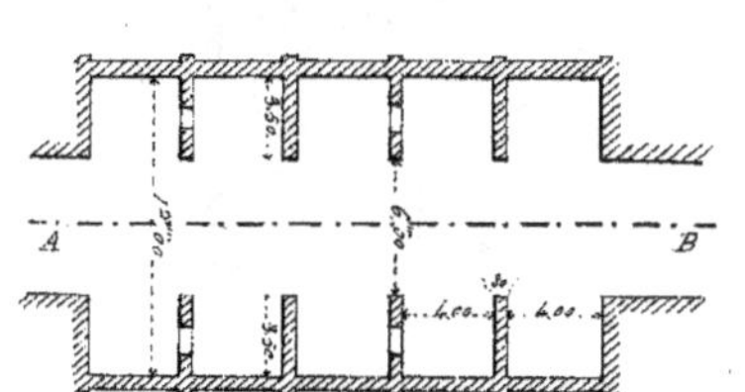

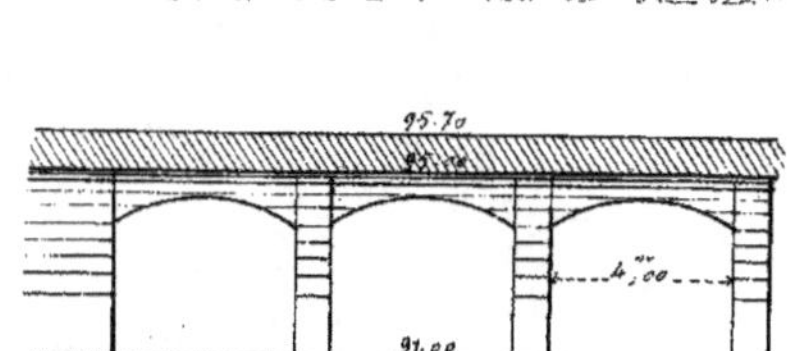

Disposition d'un magasin à poudre (fig. 184, 185, 186, 187).

Fig. 184. Plan à $\frac{1}{200}$

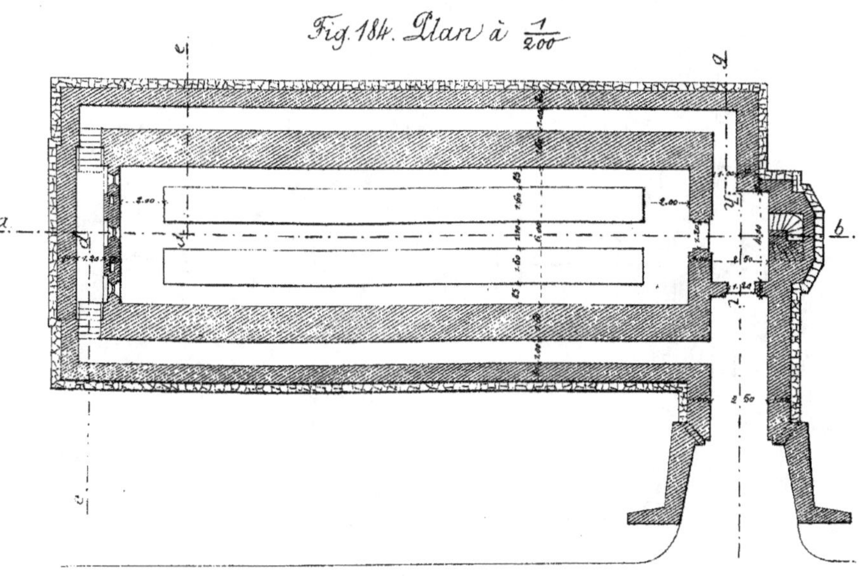

Fig. 185. Coupe suivant c d, d e, (Éch. 1/100).

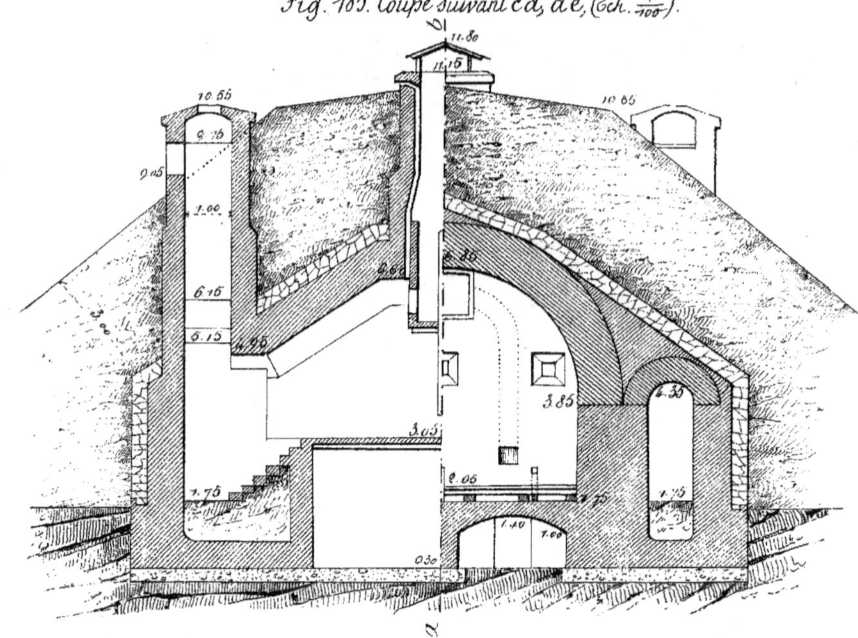

Fig. 186. Coupe suivant a b. 1/100.

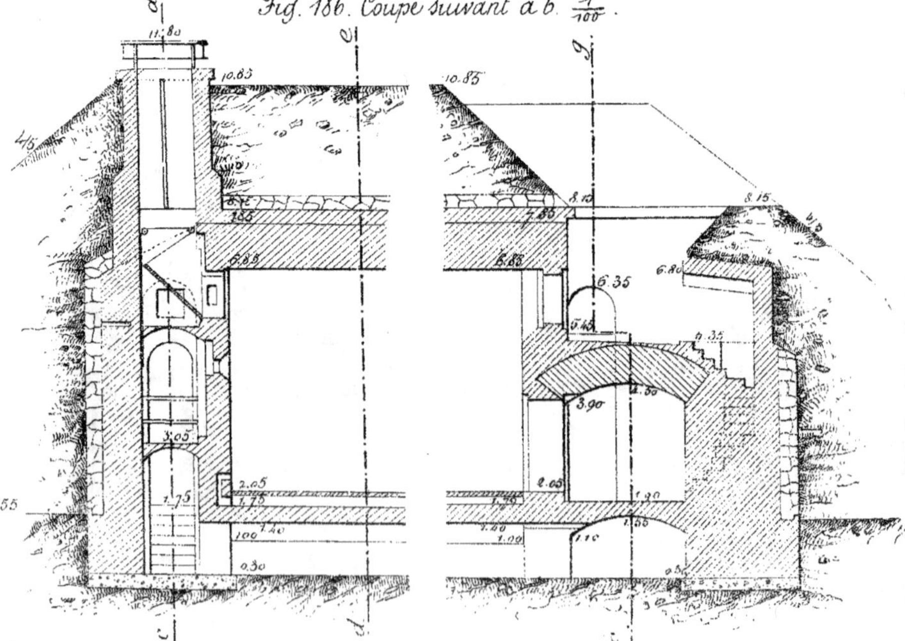

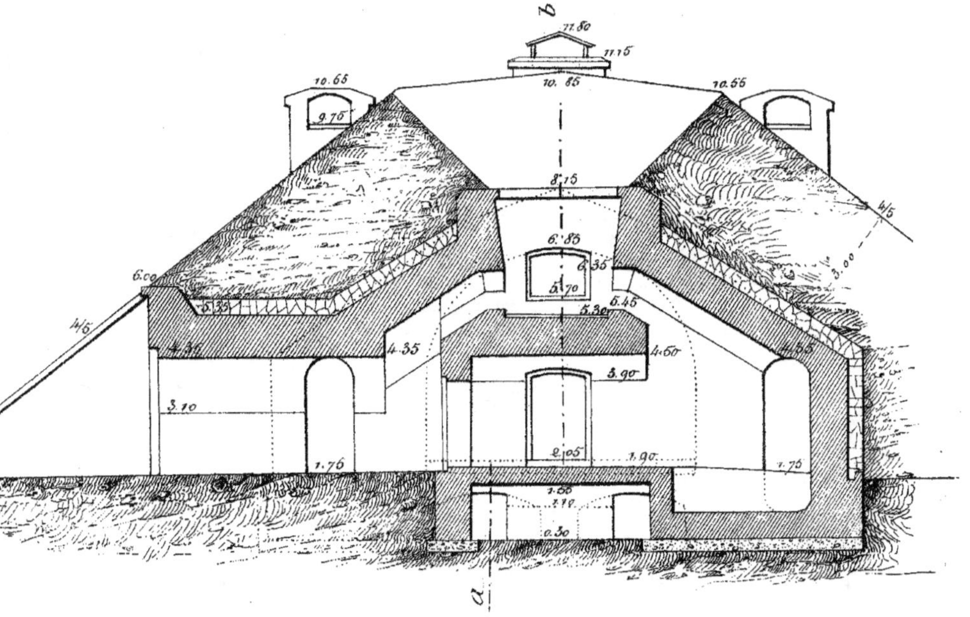

Disposition d'un magasin à poudre (suite).

Fig. 187. Coupe suivant f g. (Échelle 1/100).

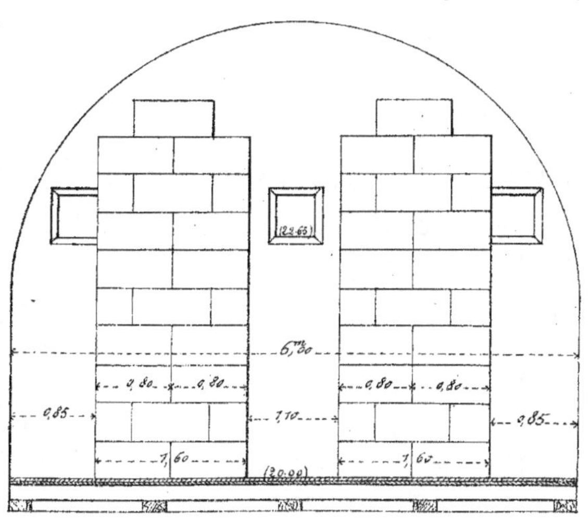

Fig. 188. Engerbement des poudres dans un magasin. (Éch. 1/50).

Dispositions habituelles des magasins à poudre dans les forts.

Fig. 190. Plan (1/200).

fig. 189.

Magasin à poudre caverne (Fig. 191. 192. 193).

Fig. 191.

Coupe suivant a b. (1/100)

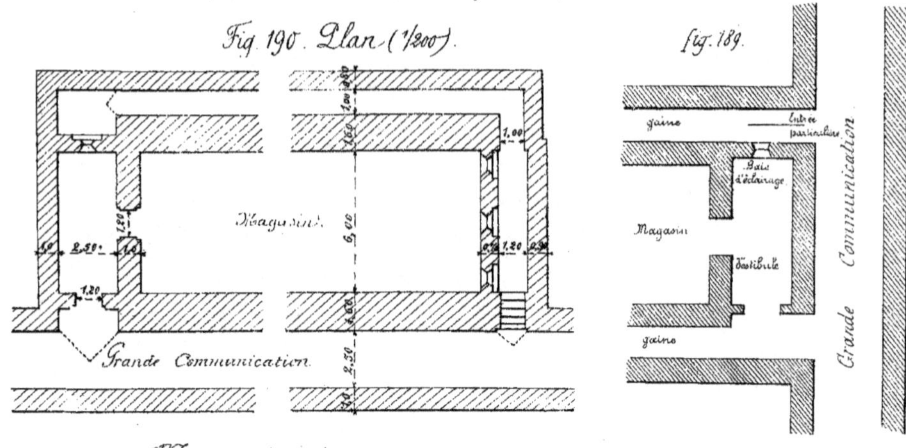

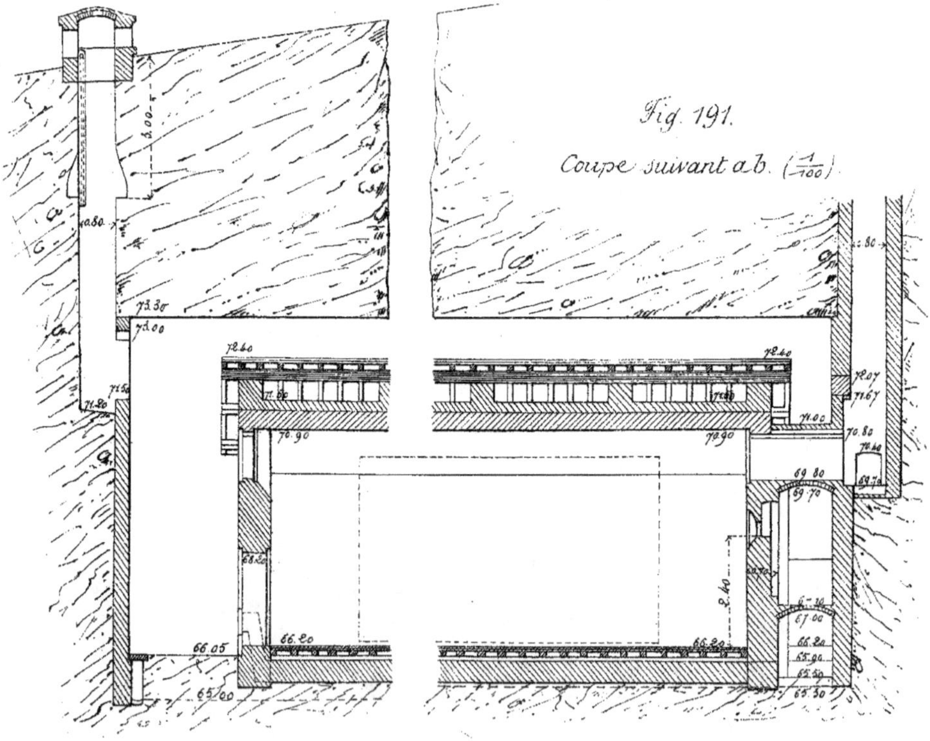

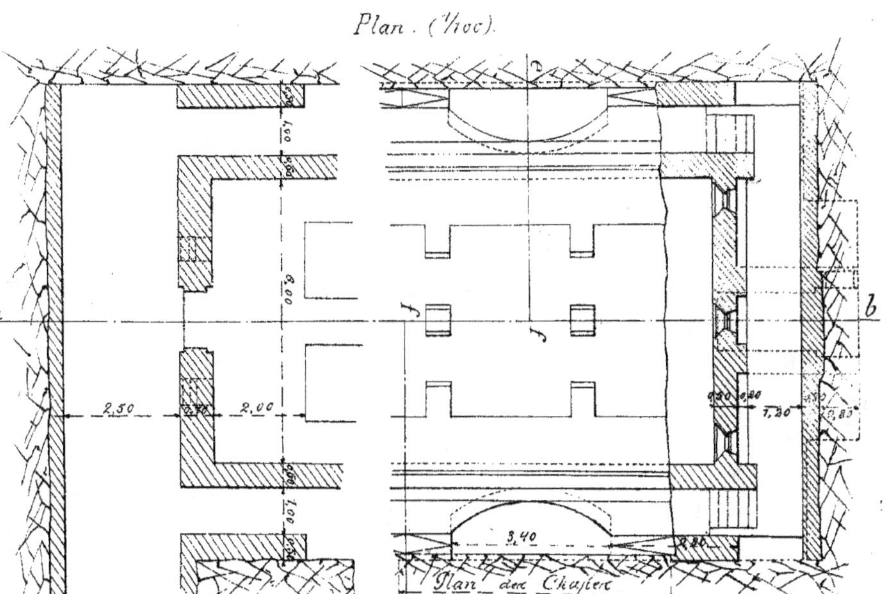

Fig. 192

Plan. (1/100).

Fig. 193.

Coupe suivant effg. (1/100).

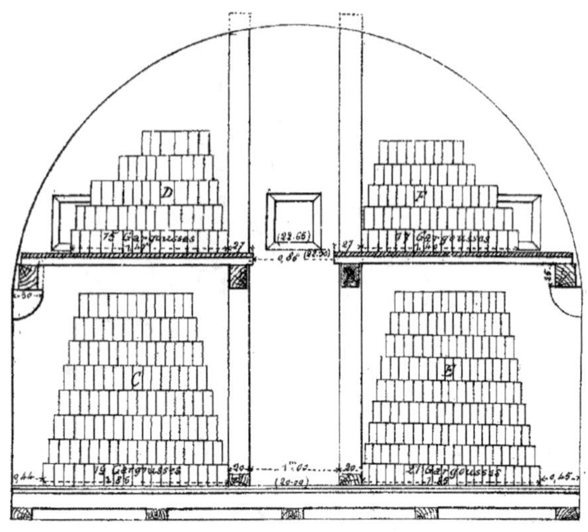

Magasin aux gargousses confectionnées.
Fig. 194. (1/20).

Atelier de chargement
de gargousses ou de projectiles.

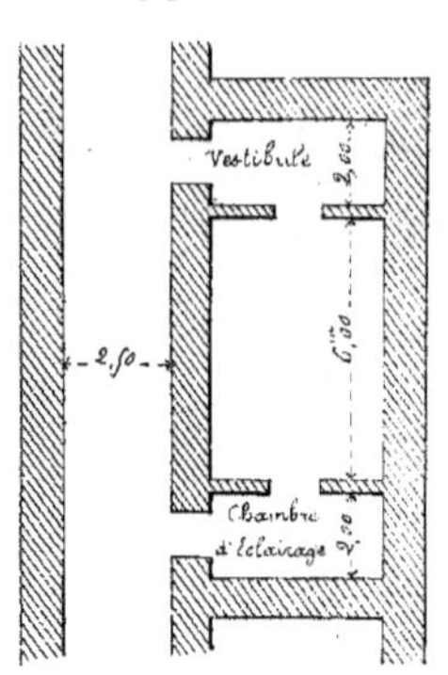

fig. 196.

Magasin aux munitions d'Infanterie.

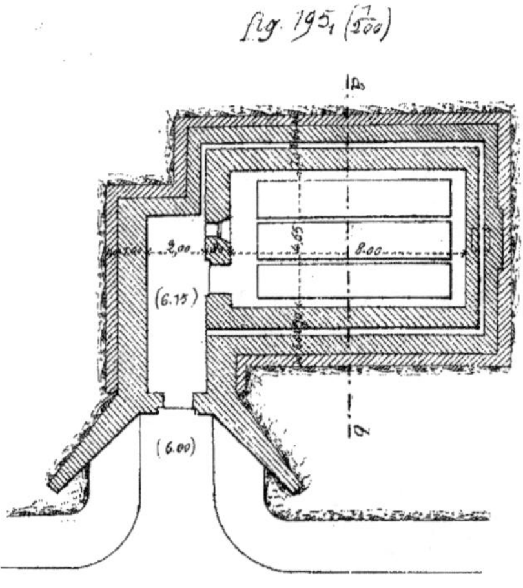

fig. 195₁ (1/200).

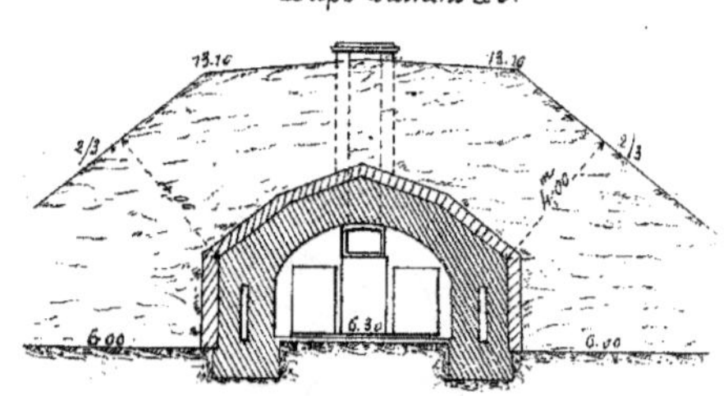

fig. 195₂

Coupe suivant a b.

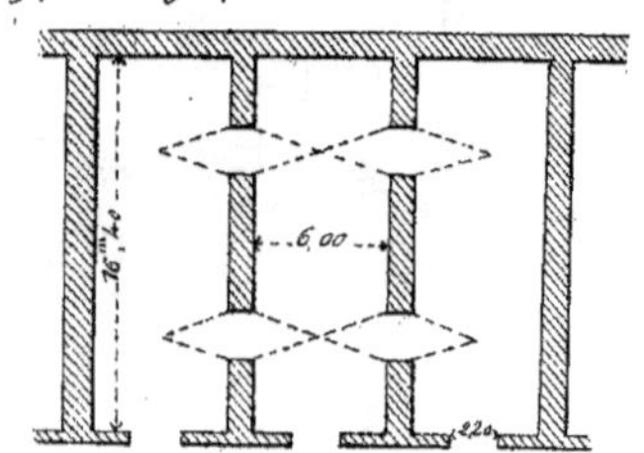

Fig. 197. Magasin au matériel d'Artillerie.

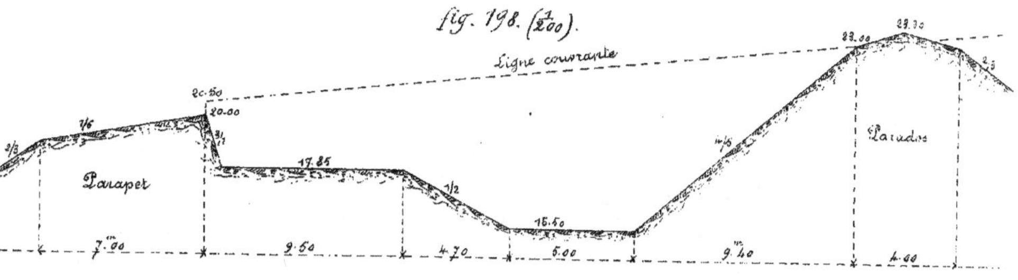

Parados couvrant un parapet d'Artillerie.

fig. 198. ($\frac{1}{200}$).

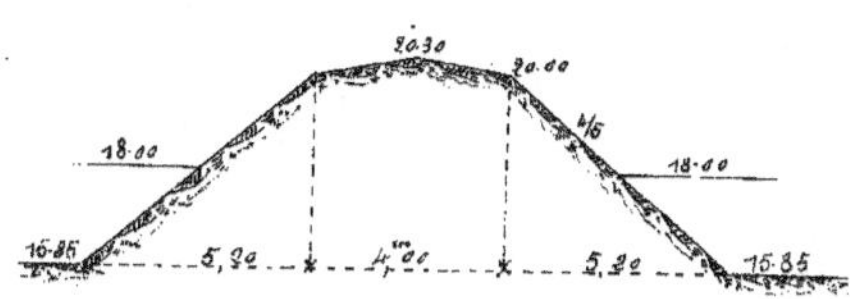

Profil transversal d'une traverse pleine.

fig. 199.

Dispositions du talus antérieur d'une traverse.

fig. 200.

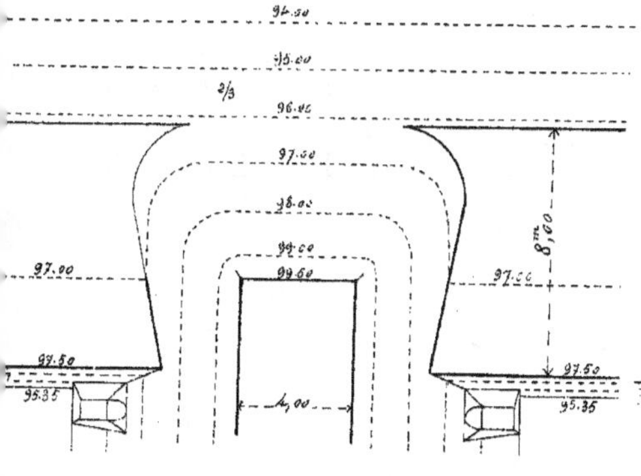

fig. 201.

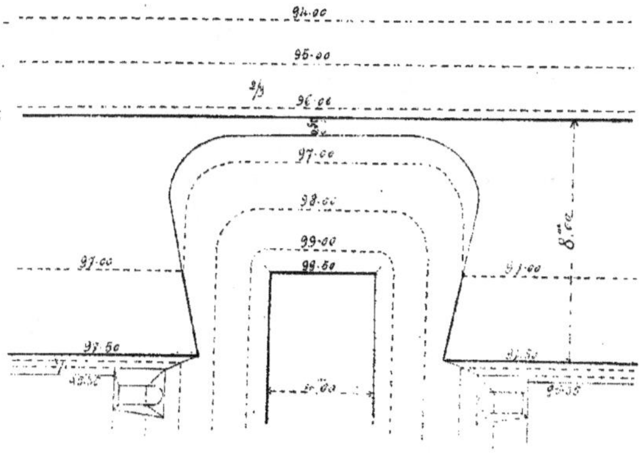

fig. 200 bis.

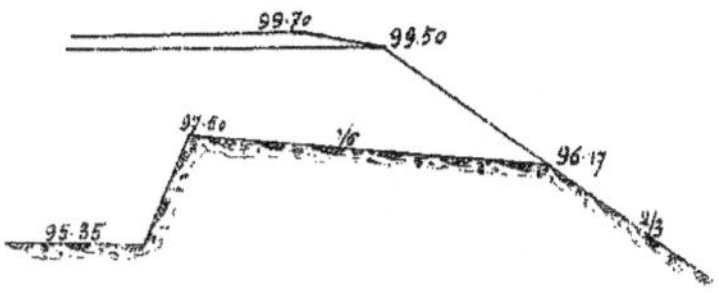

fig. 201 bis.

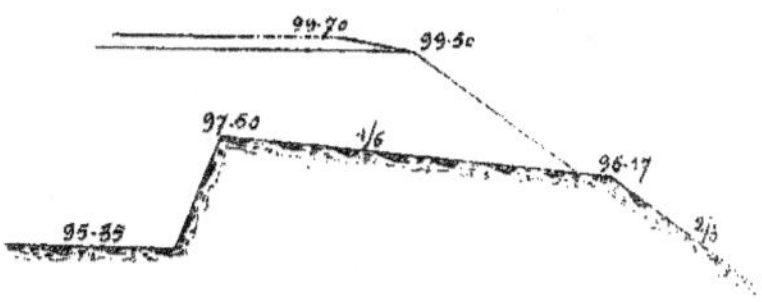

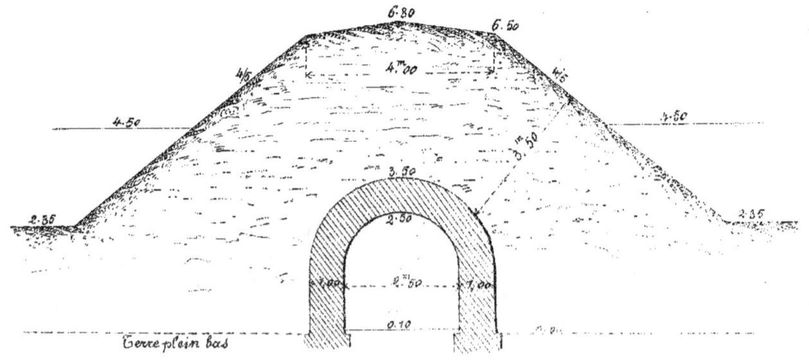

Diverses dispositions des traverses.

fig. 202.   fig. 203.

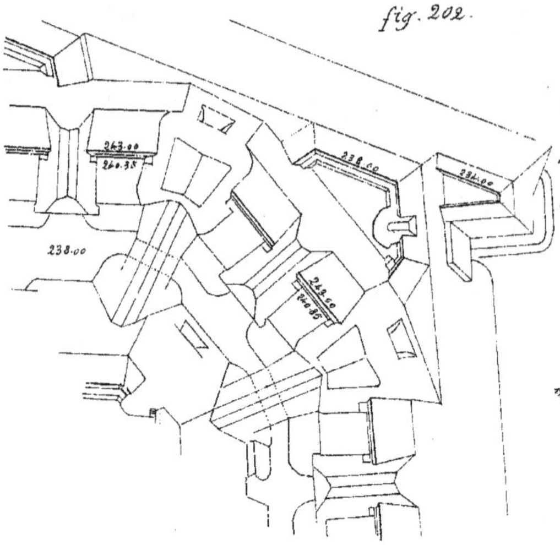

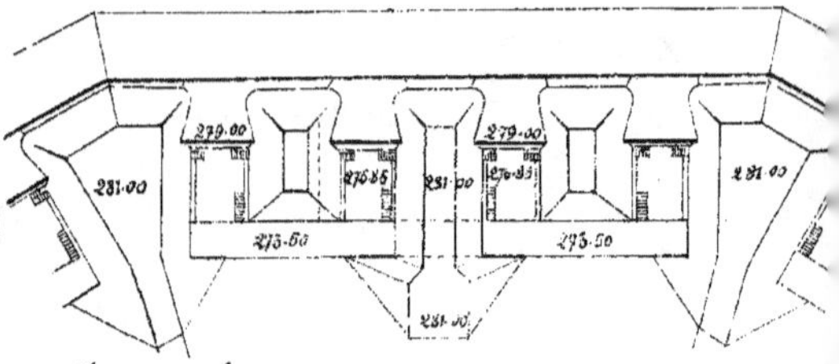

Fig. 204. Traverses comprenant une seule pièce.

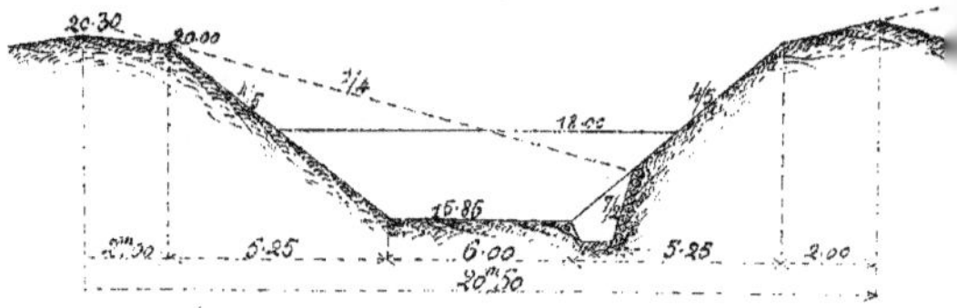

Fig. 207. Coupe longitudinale d'une traverse-abri.

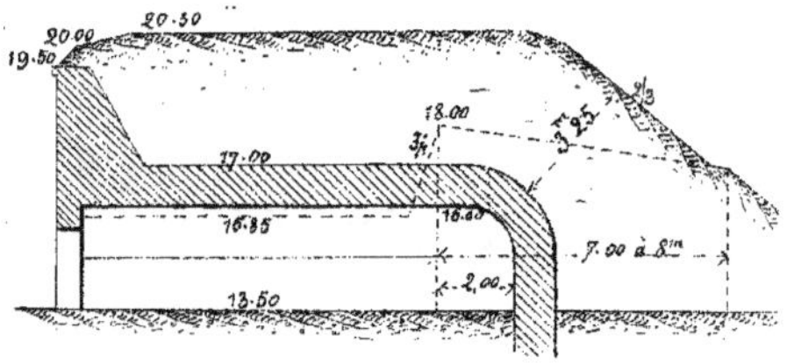

Fig. 205. Traverses comprenant deux pièces avec pare éclat intermédiaire.

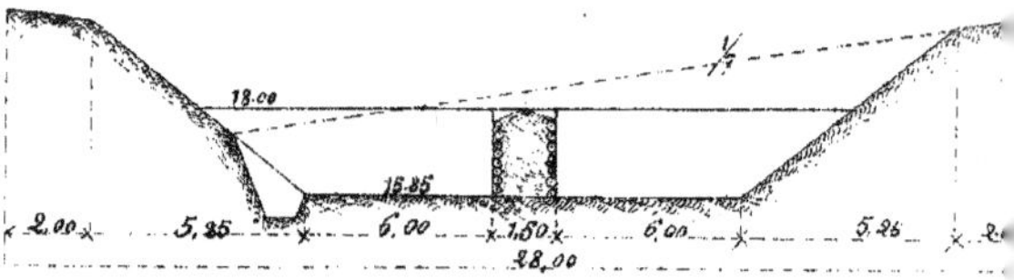

Fig. 206. Coupe transversale d'une traverse-abri.

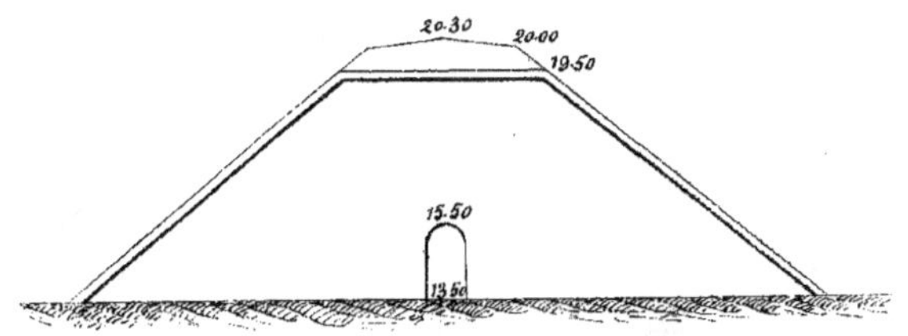

Fig. 208. Mur de façade d'une traverse-abri.

Porte à coulisses fermant l'entrée d'un abri sous traverse pour le matériel.

fig. 209.

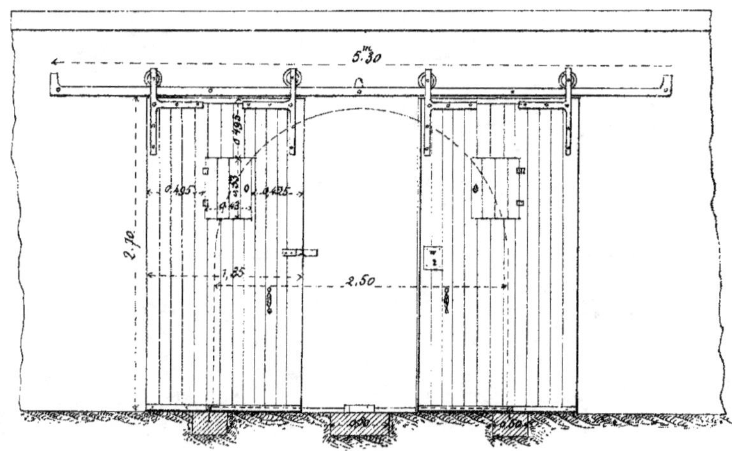

Mur en aile de façade d'une
traverse-abri.

fig. 210.

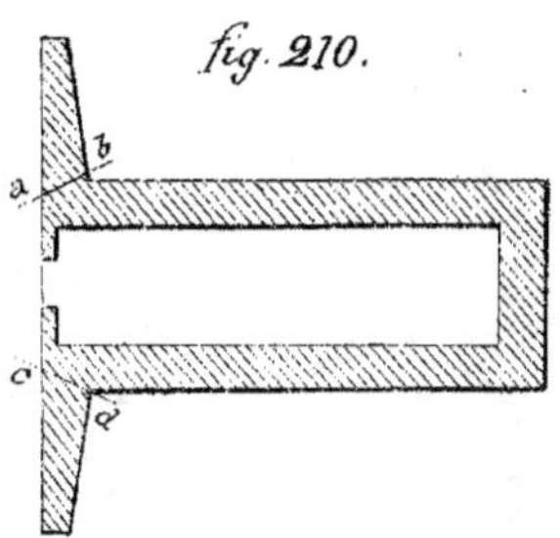

figures 211._ Détails d'organisation d'une traverse-abri avec mur de façade évidé ($\frac{1}{200}$).

Plan des terrassements | Plan des maçonneries ($\frac{1}{200}$)

Coupe suiv.t G.H

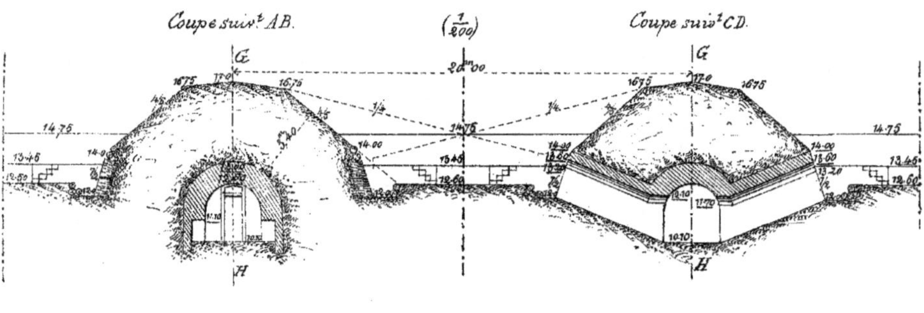

Coupe suiv.t A.B. ($\frac{1}{200}$) Coupe suiv.t C.D.

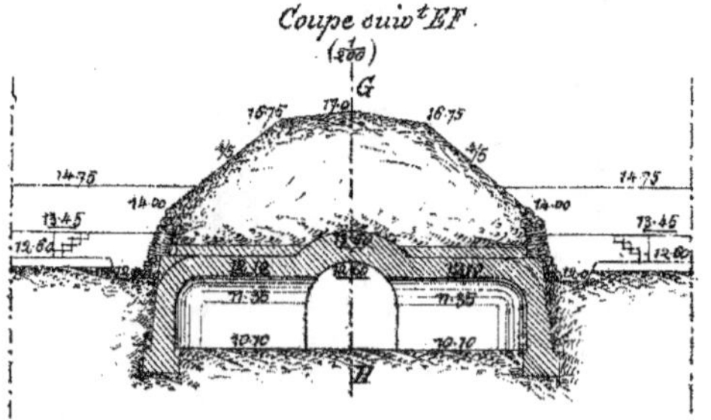

Coupe suiv.t E.F. ($\frac{1}{200}$)

Fig. 212. Petits emplacements pour tireurs d'infanterie sur les parapets d'artillerie.

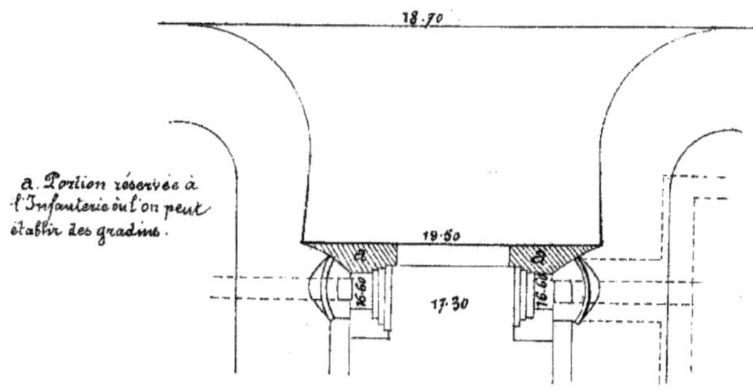

Traverses-abris obliques ou coudées.

fig. 214. $\left(\frac{1}{2000}\right)$

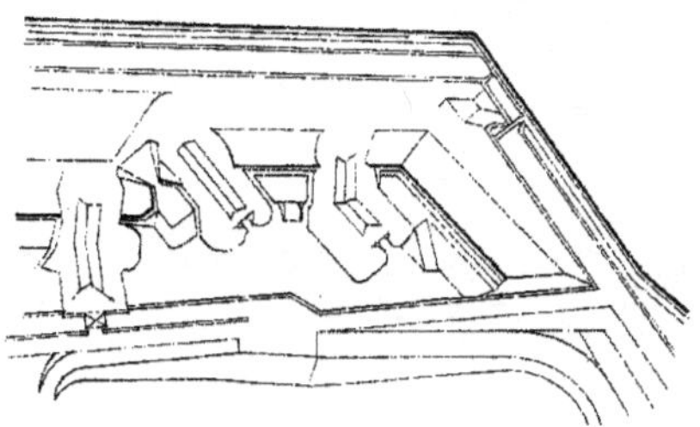

Disposition d'une traverse-abri avec sous-sol (figures 213).

fig. 213₅.

Coupe par l'axe de l'abri.

fig. 213₁.

Plan des caves de l'abri.

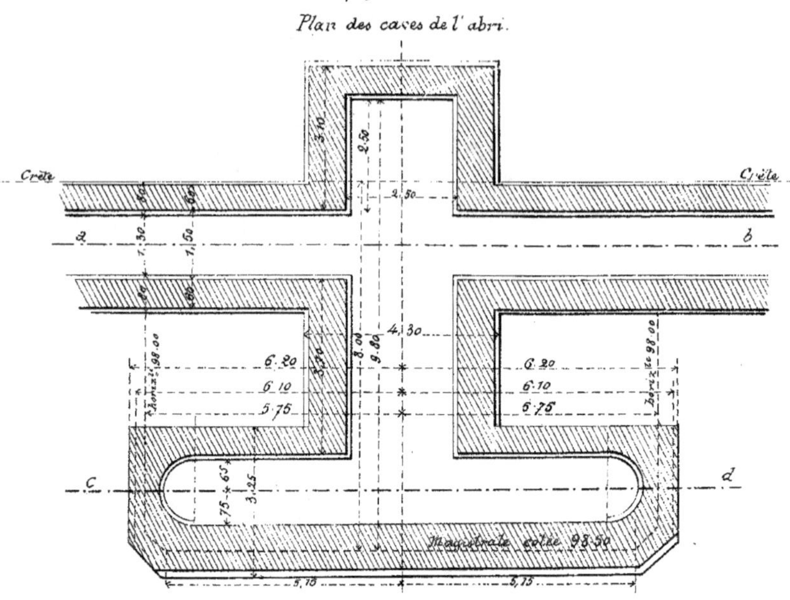

fig. 213₃.

Coupe suivant CD.

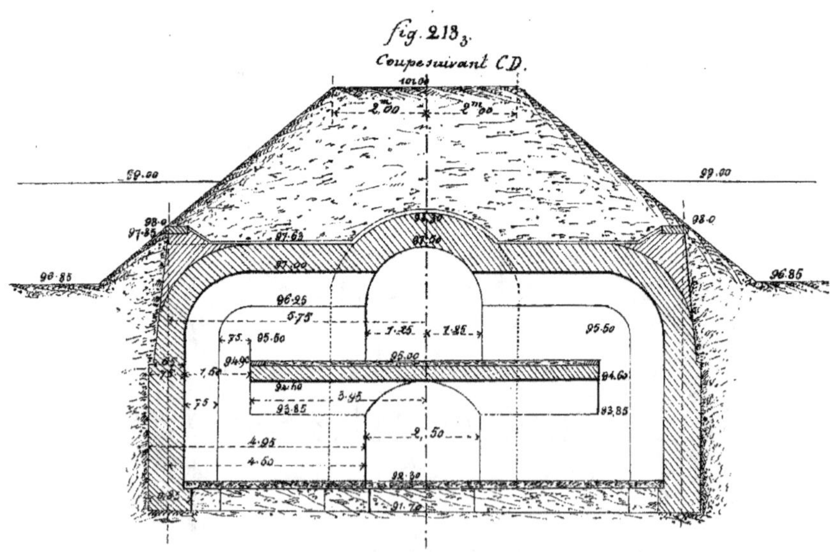

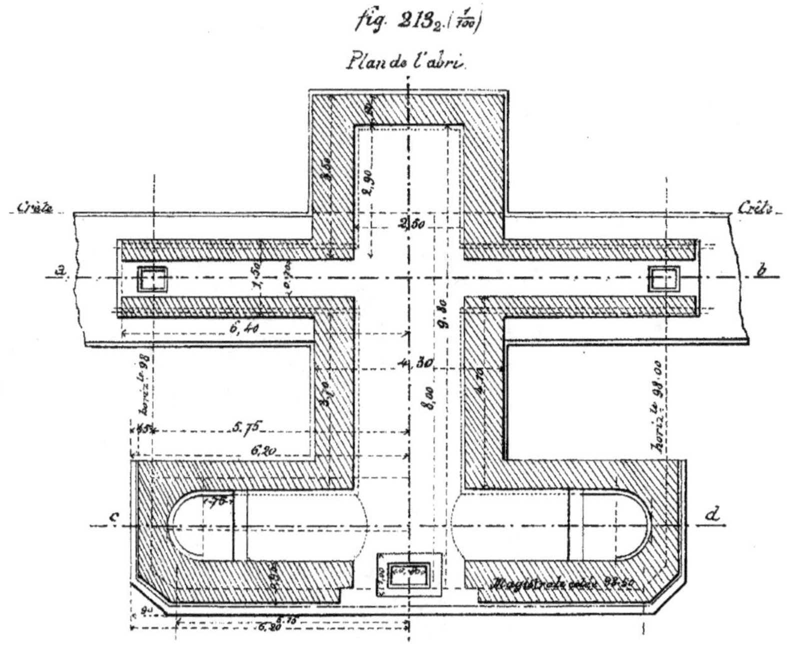

fig. 213₄.

Coupe suivant . a b .

Traverse-abri sur un flanc d'ouvrage avec façade sur le côté (figures 215 et 215bis).
fig. 215.
Plan des maçonneries.
($\frac{1}{200}$)
Plan des terrassements.
Secteur des coups dangereux
A
B
fig. 215bis
Coupe suiv.^t AB. ($\frac{1}{200}$)
Fig. 216. Traverse d'angle.

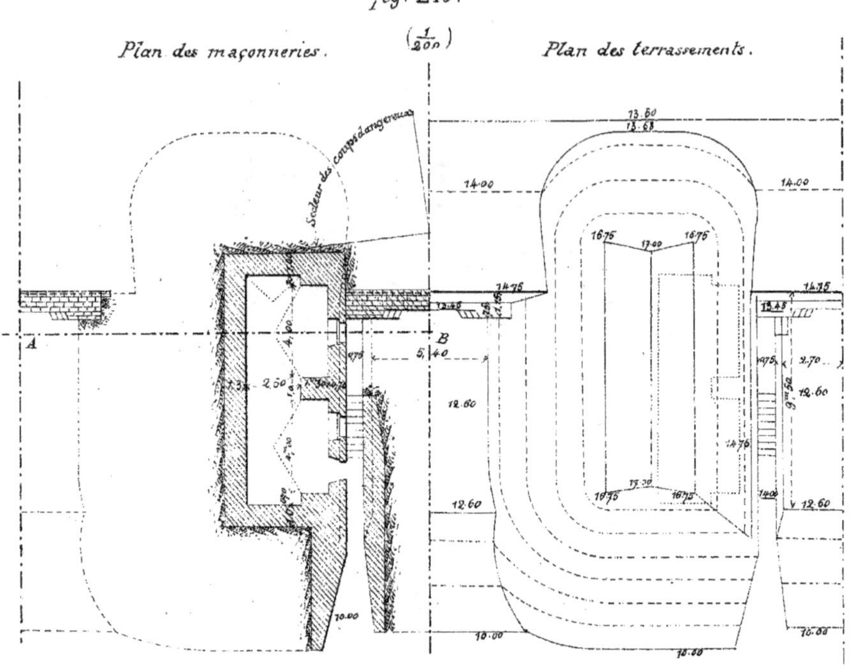

fig. 217.

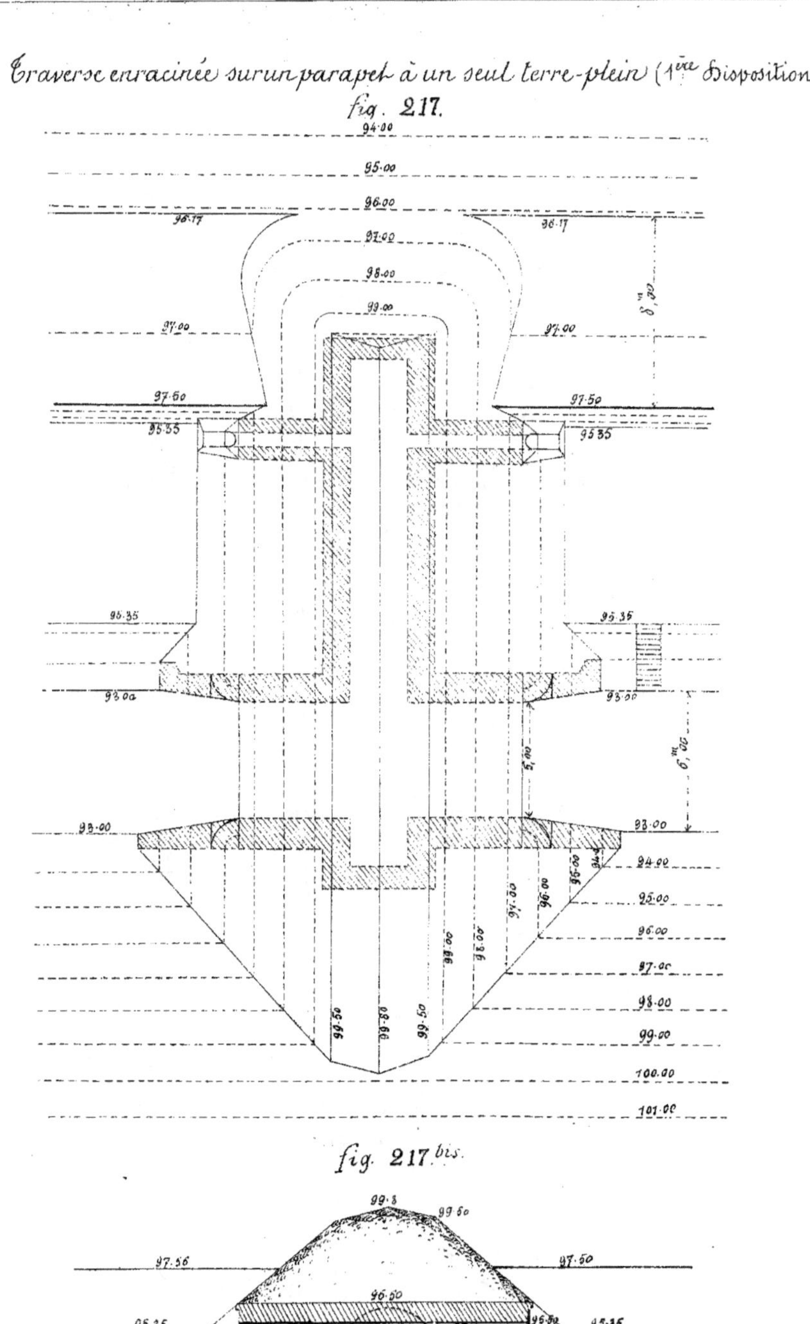

fig. 217.bis.

Traverse enracinée sur un parapet à un seul terre-plein (2ᵉ Disposition).

fig. 218.

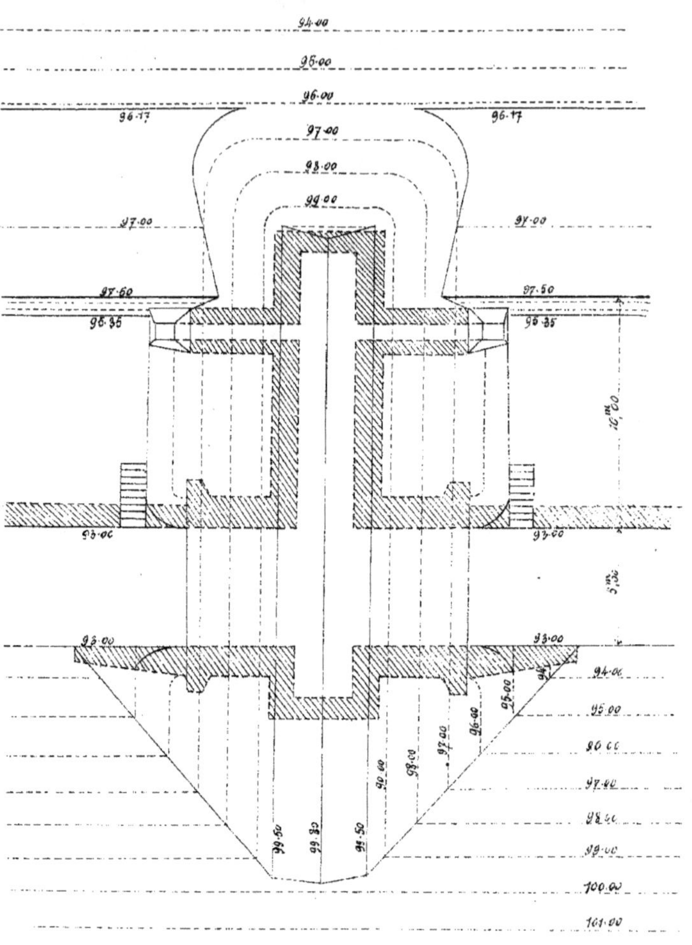

fig. 218.ᵇⁱˢ

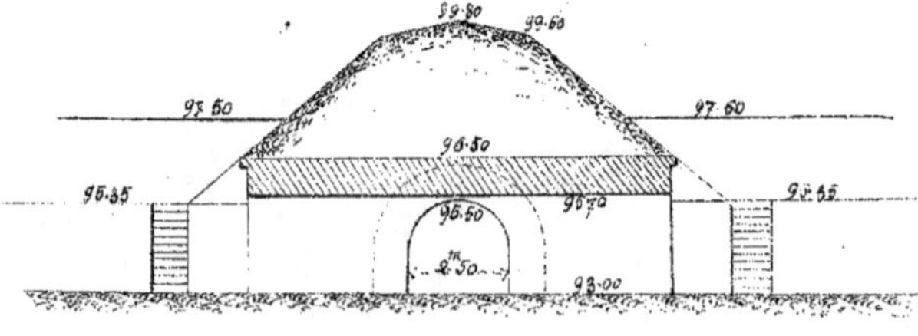

fig. 219.

Traverse enracinée

$\left(\frac{1}{200}\right)$

Plan des terrassements   Plan des maçonneries.

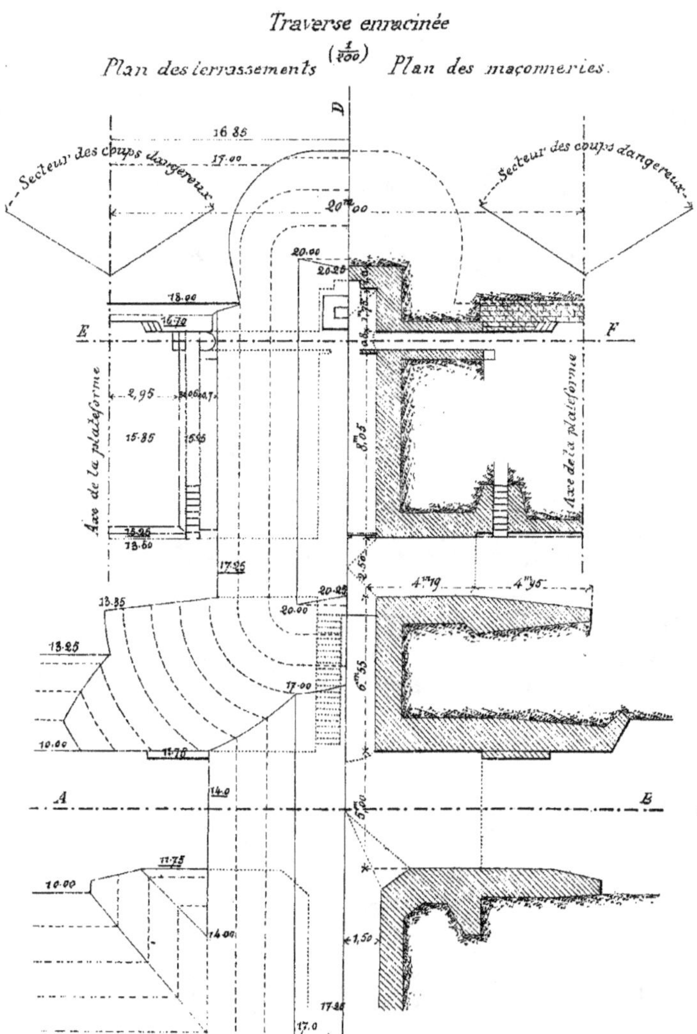

fig. 219.*bis* Coupe suivant AB.

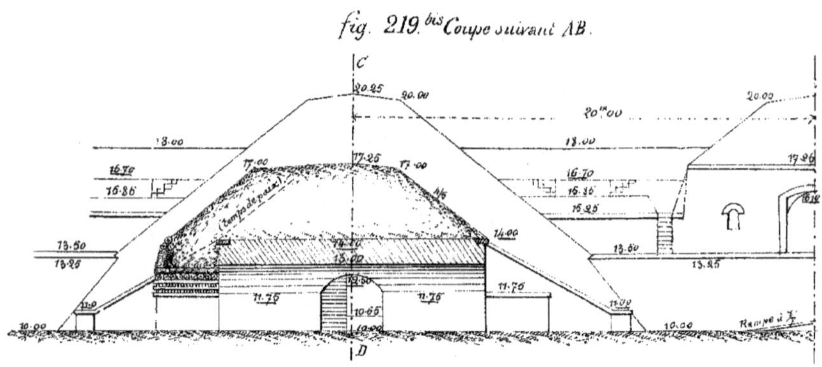

fig. 219.*ter* Coupe suiv.*t* CD ($\frac{1}{200}$).

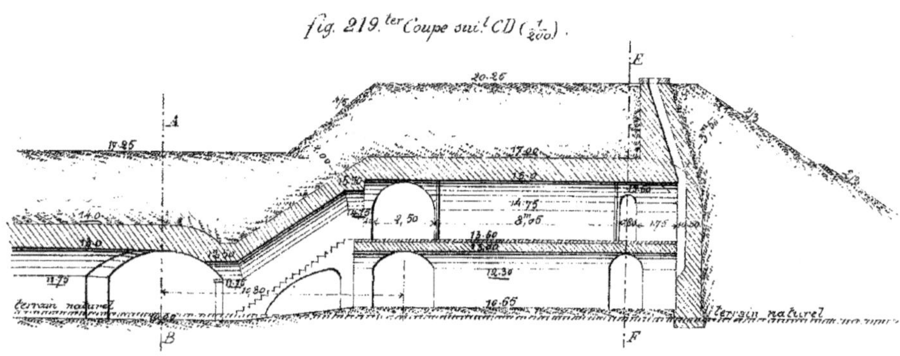

fig. 219.*quater* Coupe suiv.*t* EF ($\frac{1}{200}$).

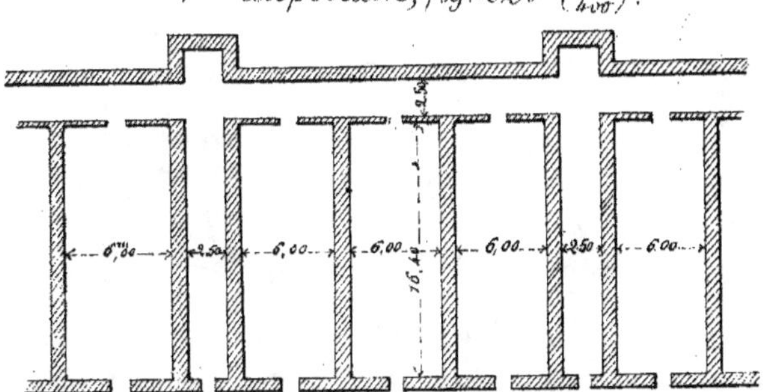

Traverses-abris superposées à des locaux souterrains.

1ère disposition, fig. 220 ($\frac{1}{400}$).

2e disposition.

fig. 221₁. Coupe suivant MN.

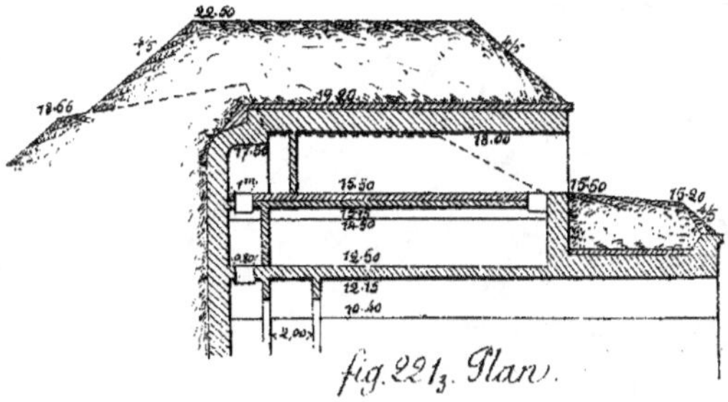

fig. 221₂. Coupe suivant OP.

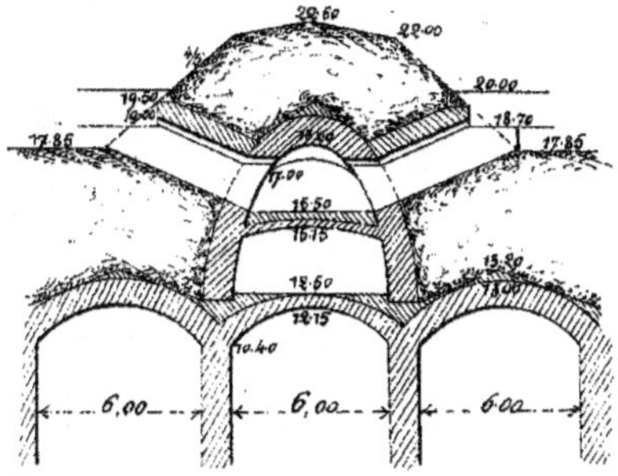

fig. 221₃. Plan.

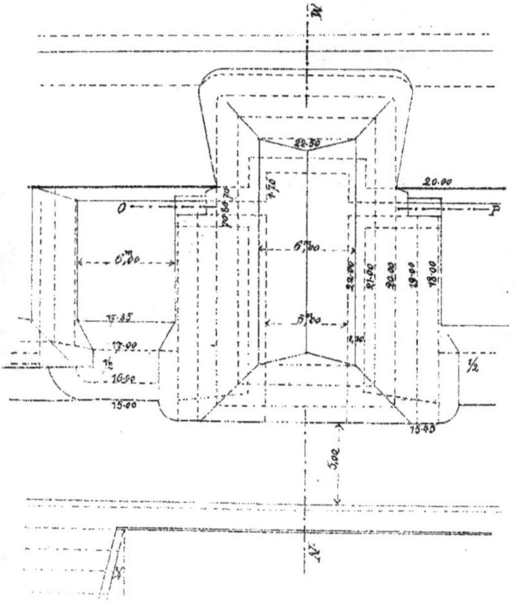

fig. 221₄. Élévation.

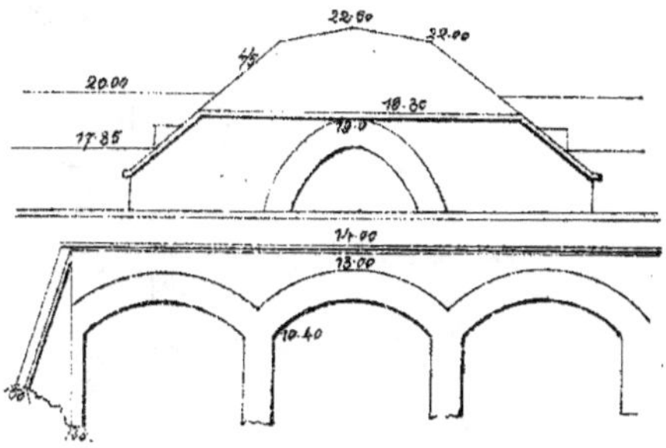

Traverses-abris superposées à des locaux souterrains (suite).
— 3.e disposition.
fig. 222 (1/200)

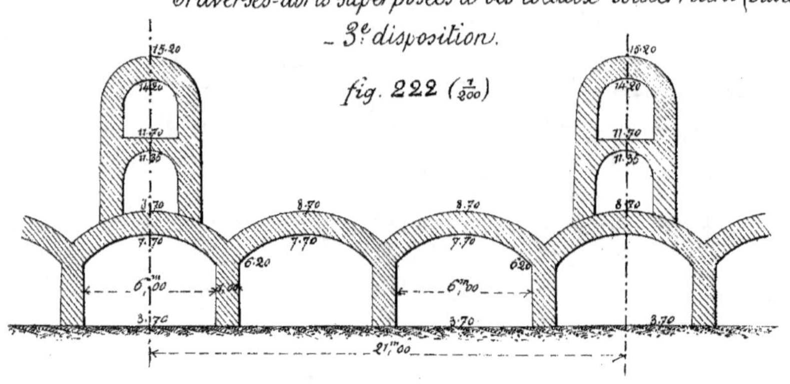

fig. 222 bis

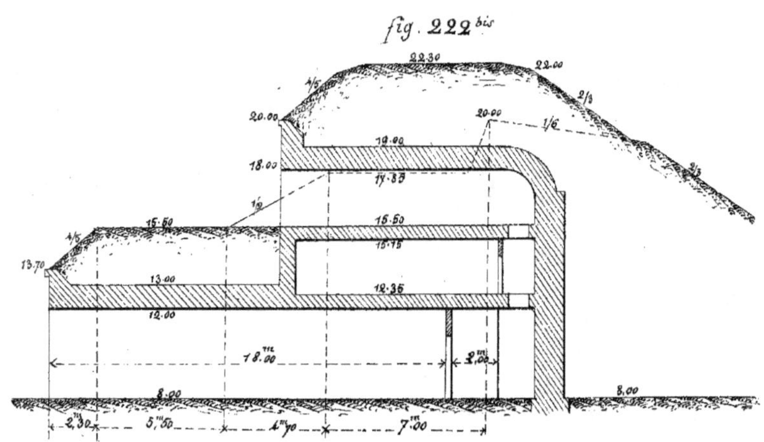

fig. 222 ter

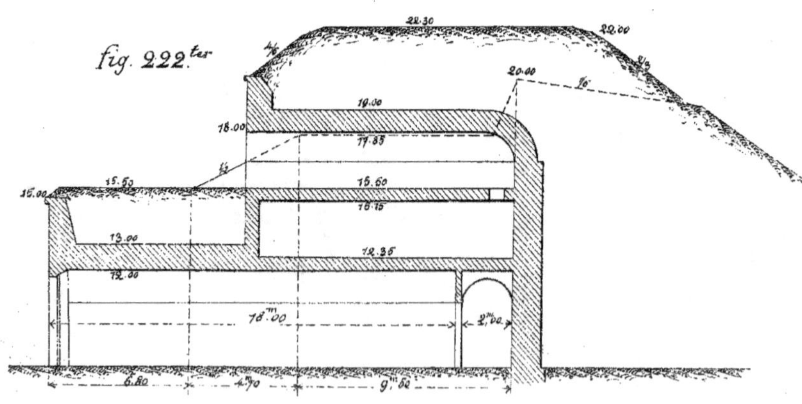

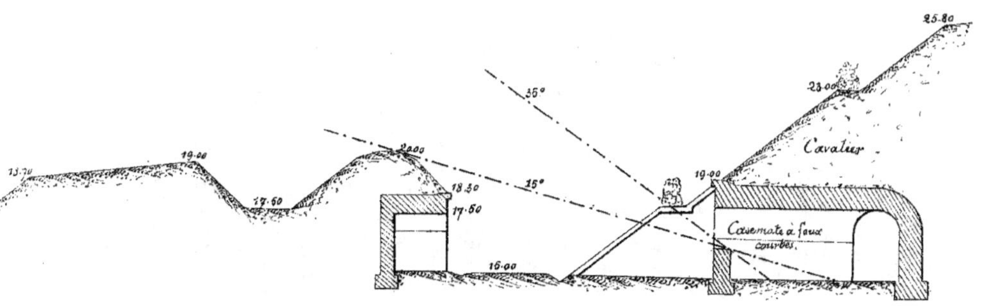

Casemates avec massif en terre accolé, percé d'embrasures à contre pente.

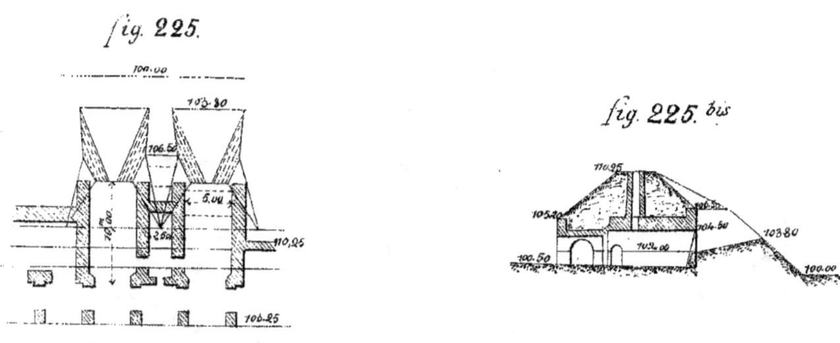

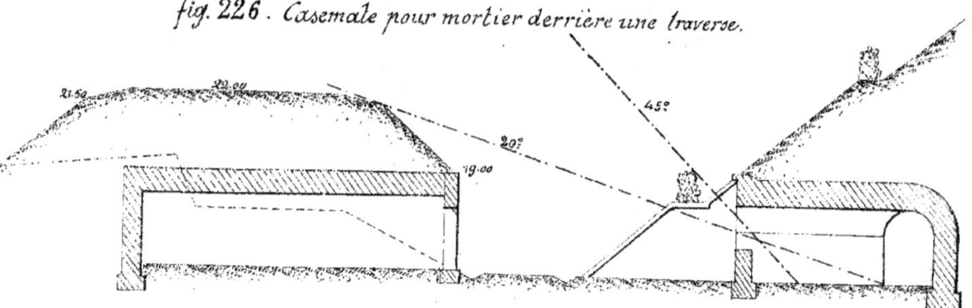

fig. 226. Casemate pour mortier derrière une traverse.

Observatoire de Télégraphie optique (figures 223).
Coupe suivant ABC. (1/100)

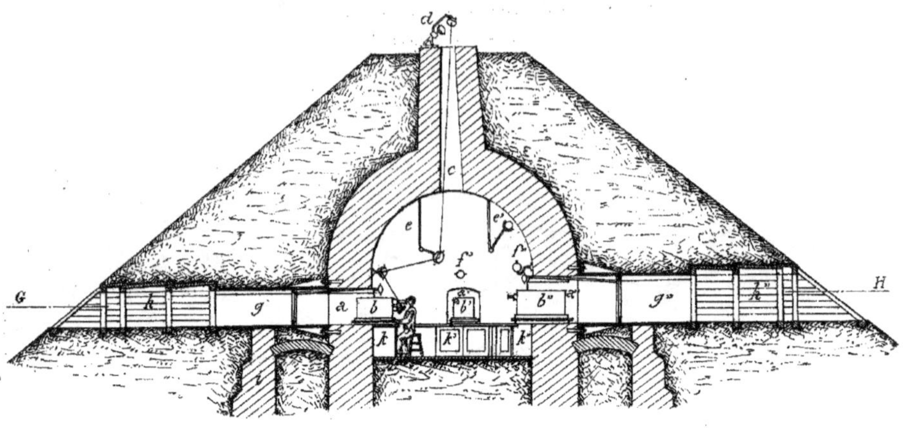

Coupe suivant GH. (1/100)

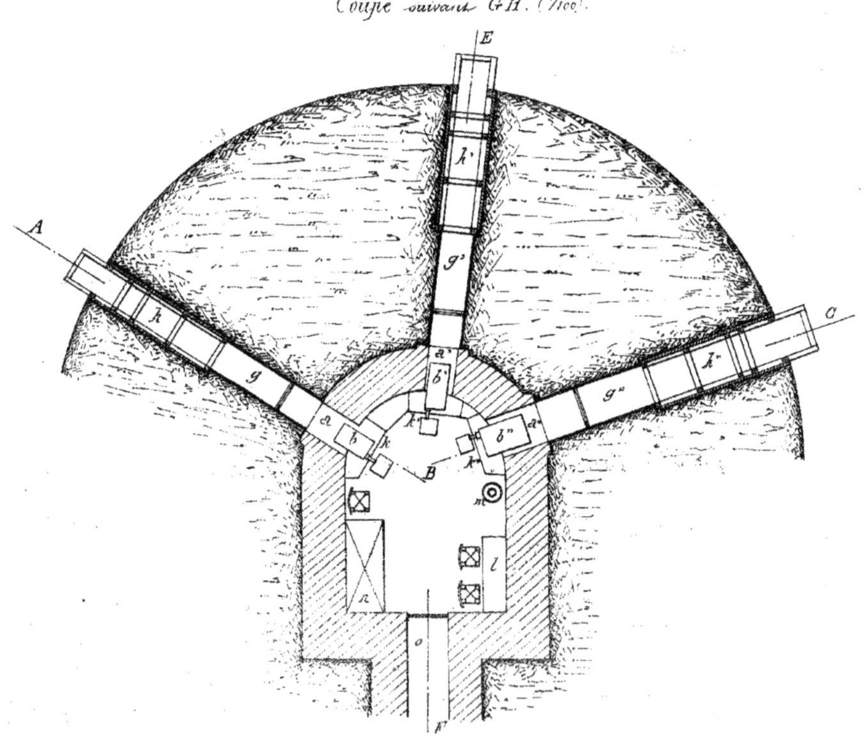

Coupe suivant EF. (1/100)

Légende.

a a'a" Créneaux des appareils.

b
b' } Appareils de télégraphie optique de { c^m, 35
b"   { c^m, 45
                                           { c^m, 60

c Cheminée pour l'héliostat.

d Héliostat.

e e' Miroirs à tiges articulées pour l'emploi de la lumière solaire.

f f'f" Psychés scellées dans le mur.

g g'g" Gaines en fonte, de transmissions avec châssis vitrés mobiles.

h h'h" Prolongement des gaines ou galeries.

i i'i" Piliers isolés pour supporter les gaines en fonte, et reliés à l'abri par des arcs-boutants.

k k'k" Bahuts supportant les appareils et renfermant tous leurs accessoires.

l Table de travail.

m Poêle.

n Lit de repos.

o Corridor d'accès.

Fig. 224. _ Profil avec fossé non revêtu de fortification en site aquatique.

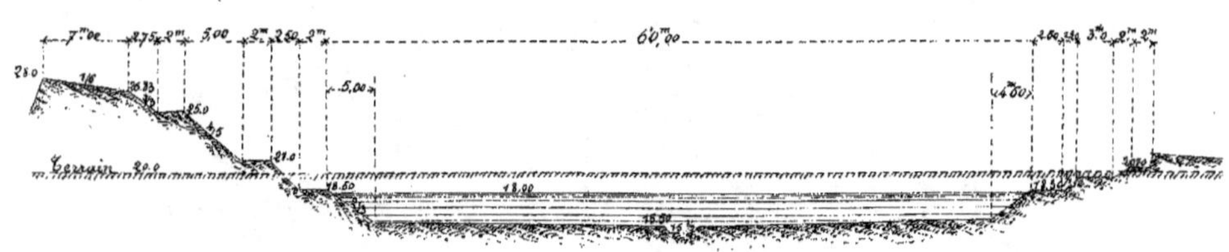

Fig. 224 bis. _ Profil d'une fortification bordant une large nappe d'eau.

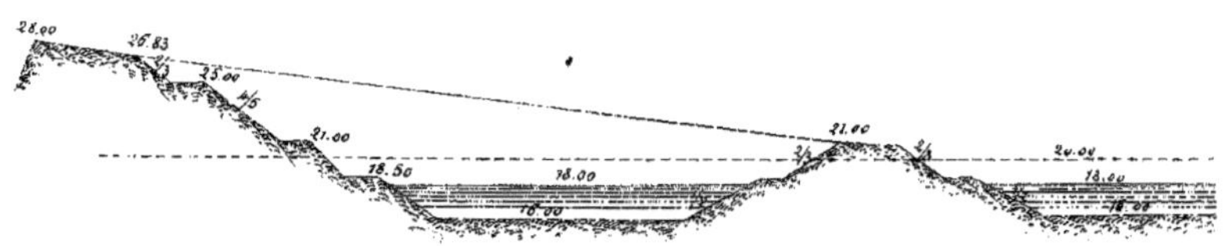

Fig. 226. _ Profil d'une fortification avec double fossé sec et plein d'eau et mur d'escarpe détaché.

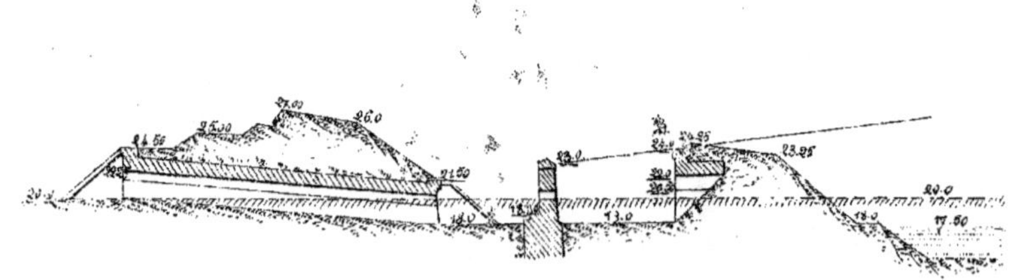

d'un grand front d'enceinte à fossés pleins d'eau (figures 227).
fig. 227₂ Profil suivant AB.
fig. 227₃ Profil suivant CD.
fig. 227₁

fig 228.

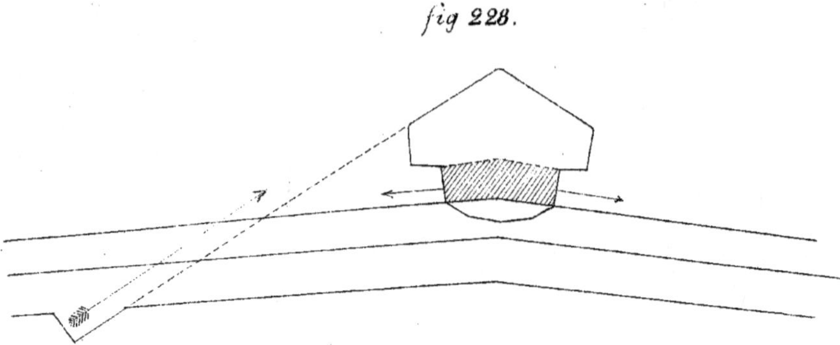

Fig. 229.
Caponnière de revers isolée
des forts de Strasbourg (rive droite).
Echelle de 1/1000.

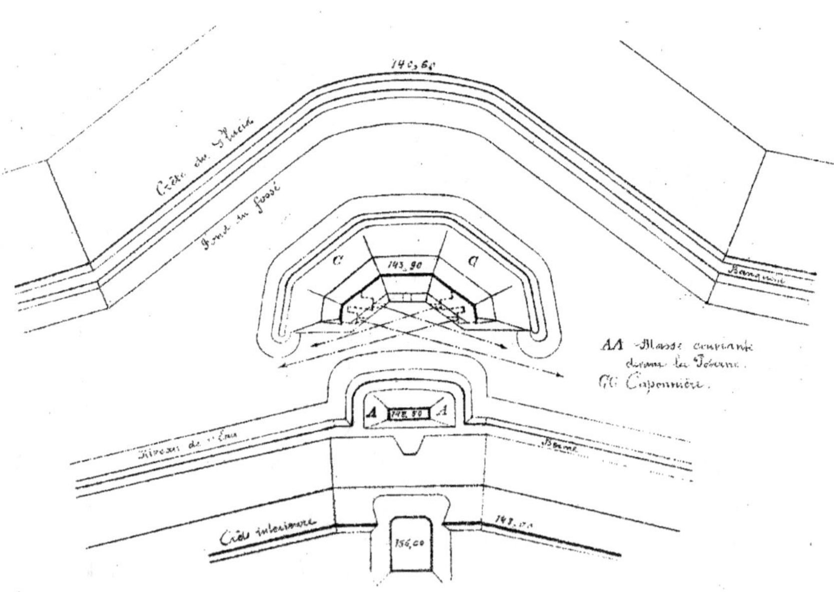

Fig. 230.
Front de la nouvelle enceinte de Strasbourg.
Plan d'ensemble. (1/5000)

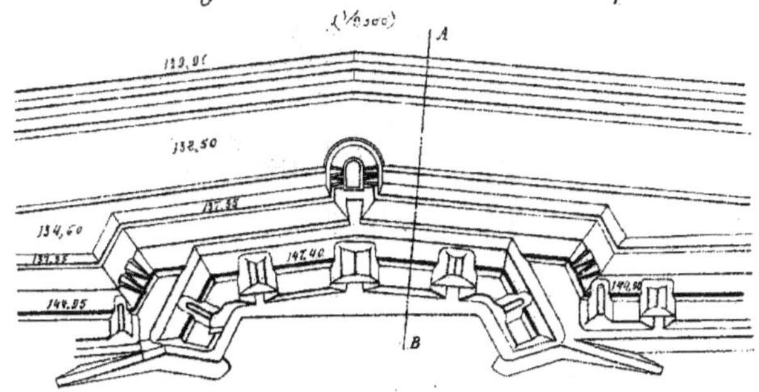

Fig. 231ᵃ
Enceinte de Strasbourg. Saillant avec cavalier et caponnière cuirassée.

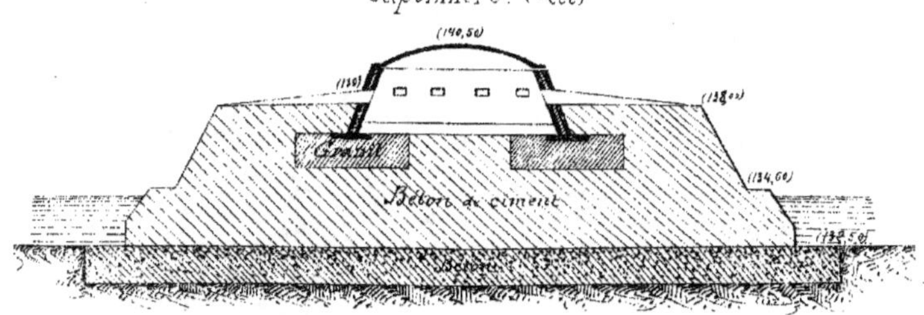

Fig. 231ᵇ
Caponnière. (1/200)

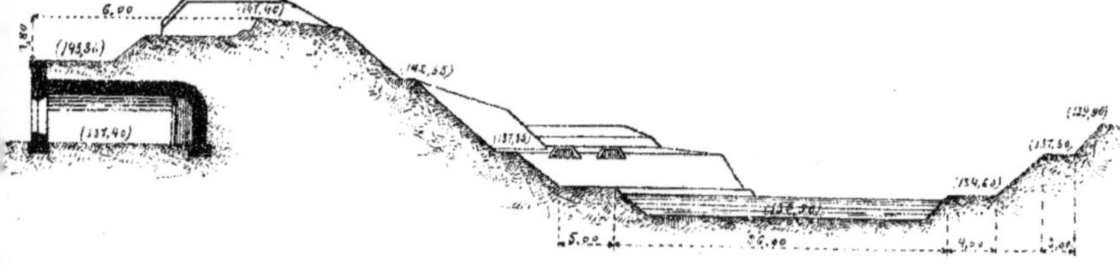

Fig. 231ᶜ
Coupe suivant A.B. (1/500)

Inondation supérieure et inférieure (figure schématique).

fig. 232.

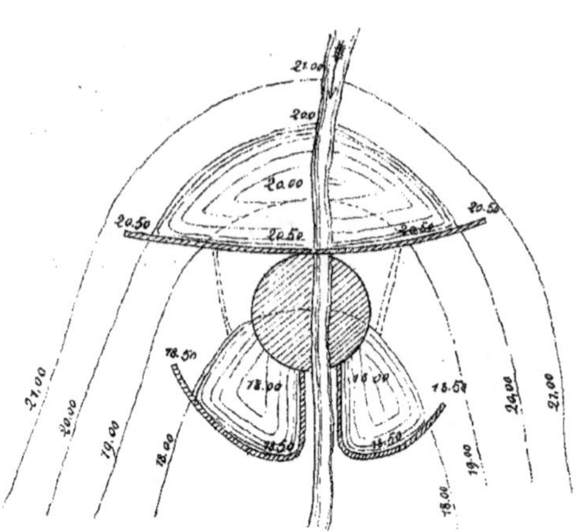

Inondation inférieure avec barrage en aval
de la place (figure schématique).

fig. 233.

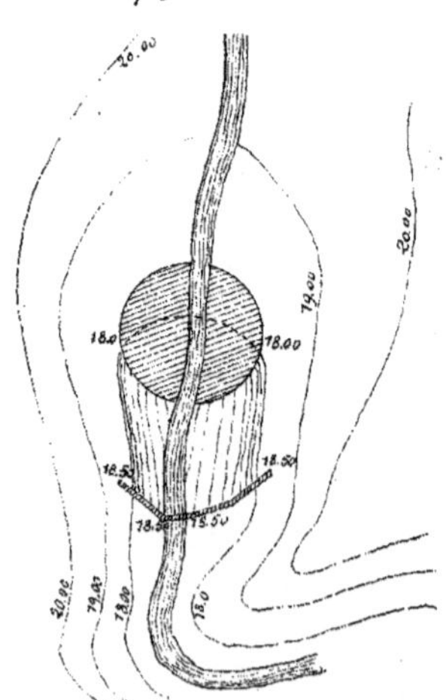

Inondation latérale
(figure schématique).

fig. 234.

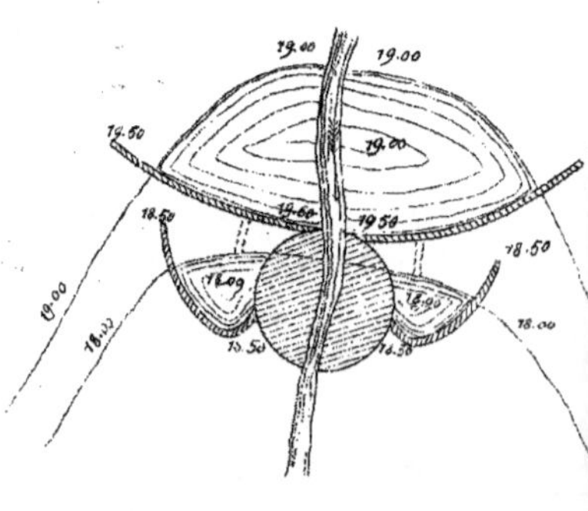

2.ᵉ Partie._ 1.ʳᵉ Section.

Table des Figures.

Figures.	Pages correspondantes du texte.	Figures.	Pages correspondantes du texte.	Figures.	Pages correspondantes du texte.	Figures.	Pages correspondantes du texte.
1	7	37	26	115	55, 58, 59, 60, 61	145 à 147	79
2	8	38, 39, 40	26	116	57	148 et 149	79
3	9	40, 41, 42, 43, 44	27	117	57	150 et 150 bis	80
4	9	45	27	118 et 119	58	151	83
5 et 6	9	46, 47	27 et 32	120 et 121	59	152 à 155	84
7	10	48, 49	28	122 et 122 bis	59	156 à 159	85
8	11	50	28	123 à 125	61	160	86
9	14	51 à 56	29	126 et 126 bis	62	161	88
10 et 11	14	57	29	127	62	162	88
12 et 13	14	58	30	128 et 128 bis	62	163	89
14	15	59 à 64	30	129	63	164 et 165	90
15	15	65 à 68	31	130	64	166	89, 90
16 à 20	16	69	31	131 et 131 bis	65	167	91 et 127
21	17	70 à 76	32	132	66	168	91
22	18	77 à 80	32	133	68	169	92
23 et 24	19	81 à 88	33	134	73	170 à 172	93
25	19	89 et 90	33	135 et 135 bis	74	173 et 173 bis	94
26 et 27	20	91 à 94	33	136	74	174	94
28	20	95 à 98	34	137	74	175	95
29	22	99 à 105	35	138 et 138 bis	74	176 et 177	96
30	24	106 à 108	41	139	75	178	96
31	25	109 et 110	53	140	75	179	96
32	25	111	54	141	76	180	99
33 et 34	25	112	54	142 et 143	77	181	99
35 et 36	25	113 et 114	55	144 et 144 bis	78	182	100

Figures	Pages correspondantes du texte	Figures	Pages correspondantes du texte.	Figures	Pages correspondantes du texte.	Figures	Pages correspondantes du texte.
183	104	200 et 201	117	217 et 218	125	226 bis	138
184 à 190	105 à 108	202 et 203	118	219	125	227	142 et 143
191 à 193	108 et 109	204 et 205	119	220	126	228	143
194	109	206 à 211	120 et 122	221	126	229	143
195	110	212	122	222	127	230	144
196	111	213	123	223	113 et 114	231	145
197	112	214	124	224	128	232	149
198	115	215 et 215 bis	124	225 et 225 bis	128 et 129	233	150
199	117	216	124	224	136, 139, 142	234	151

Fin.